Wedge Oxford Sling
Back Stiletto Loafer Ankle
Strap Ballerina Flat
Boots Pumps Bootie Mary Jane
Platform thigh-high Boots

Wedge Oxford Sling
Back Stiletto Loafer Ankle
Strap Ballerina Flat
 Boots Pumps Bootie Mary Jane
Platform thigh-high Boots

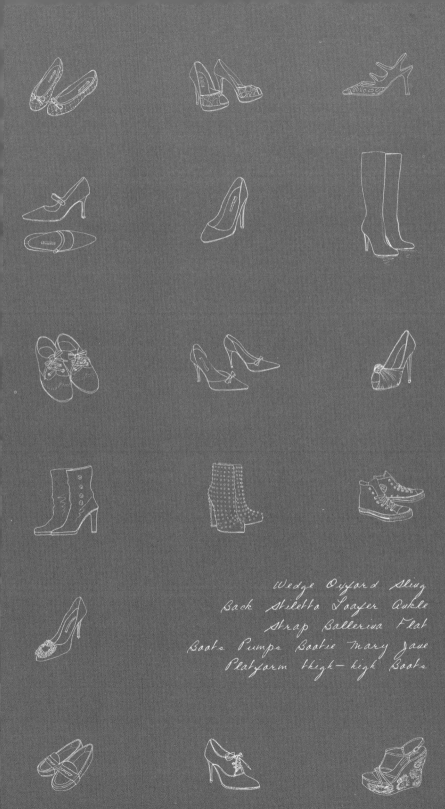

Wedge Oxford Sling
Back Stiletto Loafer Ankle
Strap Ballerina Flat
Boots Pumps Bootie Mary Jane
Platform thigh-high Boots

Wedge Oxford Sling
Back Stiletto Loafer Ankle
Strap Ballerina Flat
Boots Pumps Bootie Mary Jane
Platform thigh-high Boots

슈어홀릭 *Diary*

구 두 와 사 랑 에 빠 지 다

슈어홀릭 *Diary*

| 김지영 지음 |

장세

인류 역사상 구두만큼 강한 상징성을 지닌 사물도 드물다. 수많은
영화와 책, TV 시리즈 속 중요한 요소로 등장한 구두는 사실 어린 시
절 읽던 동화 속에서부터 여자들을 매혹시켜왔다. 왕자님이 신겨주
는 유리 구두에 발을 밀어넣는 순간 모든 슬픔이 사라지며 행복해진
신데렐라 이야기, 톡톡 두드리기만 하면 어디든 원하는 곳으로 데려
다 주는 루비 구두를 신은 도로시 이야기는 구두가 여자의 욕망
과 꿈을 실현시키는 상징적인 오브제임을 보여준다.

그런가 하면 구두는 팜므파탈과 섹스어필, 위험한 도구의 상징으
로도 자주 이용된다. 한 번 보면 도저히 신지 않을 수 없는 매혹적인
빨간 구두를 신고 춤을 멈출 수 없어 결국 다리를 잘라냈다는 잔혹한
스토리가 담긴 안데르센의 『빨간 구두』나 크리스티아나 브랜드의 추
리 소설 『하이힐 살인』은 구두가 가진 치명적인 유혹을 단적으로 드
러내는 예다. 구두는 그렇게 판타지와 공포스러운 경외감을 동시에

안겨주는 존재로 여자의 인생에 일찌감치 자리 잡으며, 평생 떼려야 뗄 수 없는 관계로 발전해 나간다.

내가 기억하는 '내 인생의 첫 구두'는 여섯 살 때로 거슬러 올라간다. 어느 날 엄마를 따라 동네의 작은 신발 가게에 들어간 나는 수많은 구두 앞에서 흥분했고, 구두를 고르는 일이 바비 인형을 사는 것보다 훨씬 더 신나고 설레게 느껴졌다. 나는 『백설공주』에서 본 듯한, 리본이 달린 앙증맞은 분홍색 구두를 골랐는데 촌스럽다는 이유로 곧 엄마에게 빼앗기고 말았다. 언제나 가장 예쁜 옷차림으로 나를 꾸며주곤 했던 멋쟁이 엄마의 눈에 보드라운 빨간색 가죽 T스트랩 슈즈가 발견됐기 때문이다. 집으로 돌아가는 길은 그야말로 눈물과 소리침과 흐느낌 그 자체였다. 분홍색 리본 구두가 아니면 절대로 신지 않겠다는 나의 눈물 섞인 반항은 여섯 살 소녀의 고집치고는 꽤나 거센 것이었지만, 엄마의 온갖 회유와 협박(분홍신은커녕 빨간 구두도 못

신게 될지 모른다)을 이기지 못하고 결국 마음을 돌렸던 기억이 난
다. 그때 내 마음속에 떠오른 분명한 생각은 '어른이 된다는 것은 신
고 싶은 구두를 내 마음대로 신을 수 있다는 것'이었다. 그리고 세월
이 흐를수록 그 생각이 크게 틀리지 않은 것임을 알아가고 있다.

10대 시절보다는 20대에 더 예쁜 구두를 신을 기회가 많아지고,
20대보다는 30대에 더 아름답고 값비싼 구두를 신을 여유가 생겼으
니 말이다. 그래서 구두가 여자의 인생을 변화시킨다거나 구
두를 통해 한 여자의 삶을 들여다볼 수 있다는 말에 언제
나 고개가 끄덕여진다.

이 책에 담겨진 이야기는 여자의 인생에서 결코 빼놓을 수 없는 구
두와 삶의 상관관계에 관한 것이다. 어떤 구두를 선택하느냐에 따라
인생의 방향이 어떻게 달라지는지, 멋진 구두가 여자에게 선사하는
삶의 즐거움이 얼마나 큰 것인지, 구두를 사랑하는 여자들이 어떤 근

사한 삶을 살아가는지, 구두와 여자의 사회적 지위에 어떤 관계가 있
는지….

　책장을 넘기면서 어느새 자신에게 어울리는 구두가 무엇인지 궁금
해지고, 그것을 통해 좀 더 당당하고 행복한 삶을 누리고 싶다는 생
각이 든다면 이미 당신도 슈어홀릭의 세계로 빠져든 것이다. 진정한
슈어홀릭이란 많은 구두를 가진 사람이 아니라 구두 한 켤레가 자신
의 인생을 변화시킬 수도 있다는 사실을 알고 있는 사람이기 때문이
다. 그리고 그 깨달음은 당신에게 지금까지와는 다른 새로운 삶을 열
수 있는 마법의 열쇠가 되어 줄 것이다.

2009년 2월, 김지영

7

Contents

Contents

Part 1

Part 1
Shoeaholic's Diary

슈어홀릭
다이어리

당신도 슈어홀릭인가요?

Shoeaholic's Diary 1

"구두는 여자를 변화시킨다!"

　이 말은 세상 모든 여자들이 갖고 싶어하는 구두를 만드는 디자이너 마놀로 블라닉이 던진 전설적인 한마디다. 겨우 신발 한 켤레가 여자를 변화시킨다는 게 가능한 일일까?

　같은 옷도 달라 보이게 만드는 구두의 힘을 아는 사람, 구두가 가장 쉽게 기분을 전환시켜주는 마법의 주문이 되어준다는 것을 아는 사람, 새로운 시작과 그 출발의 발걸음을 위해 설레는 마음으로 구두를 사본 경험이 있는 사람이라면 아마 이 말에 고개를 끄덕일 것이다.

　수많은 에피소드로 점철된 찬란한 20대를 지나 이제 막 30대에 접어든 여자로서, 그리고 유명 패션매거진의 8년차 에디터로서 나 역시 이 말에 'Yes!' 라고 말하고 싶다. 마놀로 블라닉의 이 한마디는 구두에 대한 그의 열정이나 애착을 드러내는 것뿐 아니라, 구두와 여자의 미묘하고도 놀라운 상관관계를 명료하게 나타내준다. 그의 말은 단지 아름다운 구두를 신은 여자가 매력적으로 보인다거나, 구두한 켤레가 스타일을 결정짓는다거나 하는 것만을 의미하는 것이 아니다. 구두에 대한 욕망을 품는 순간 소녀는 여자가 되고, 섹시한 하이힐에 발을 집어넣는 순간 아찔하고 불안하지만 더없이 아름다운 여자의 20대가 시작되는 것 같은 어떤 결정적인 순간들을 의미하는 것이 아닐까.

처음으로 선택한 구두는 여자의 패션스타일은 물론 직업에 대한 희망, 더 나아가 남자에 관한 취향까지 인생에서 중요한 부분을 차지하게 될 요소들을 어렴풋이 결정짓는다. 컬러감이나 디자인은 엉망이지만 발이 편안한 구두를 선택한 여자와 조금 불편하고 위태롭지만 날렵하고 세련된 구두를 선택한 여자. 두 여자의 삶이 전개되는 방식과 스토리가 달라질 거란 사실은 예상할 수 있을 것이다.

최근 구두에 대한 관심이 패션아이템 이상으로 급증하면서 슈어홀릭이란 말이 하나의 아이콘이 되어버렸다. 구두를 너무 사랑하는 사람, 슈어홀릭. 하지만 단지 신상이나 명품처럼 예쁜 구두를 사 모으는 사람을 의미하는 것은 아니다. 나는 슈어홀릭을, '구두와 여자의 미묘한 수수께끼 같은 관계를 알고 구두를 사랑하며 수집하는 사람'이라고 정의하고 싶다. "구두가 여자를 변화시킨다"는 마놀로 블라닉의 얘기에 전적으로 공감하며 구두에 얽힌 스토리를 하나쯤은 지닌 여자!

구두가 지니는 파워나 의미는 외면한 채 단지 예쁘다는 이유로 구두를 사 모으는 여자라면 오히려 슈즈 컬렉터에 가깝다. 슈어홀릭의 구두에는 각각 스토리가 있지만, 컬렉터의 구두에 그런 건 없다. 슈어홀릭의 신발장에는 한 여자의 인생을 말해주는 역사가 담겨 있지만, 컬렉터의 신발장엔 시즌에 유행하는 반짝반짝한 구두만이 있을 뿐이다. 한물 간 구두는 이미 옥션에 팔아넘긴 지 오래이므로!

내 신발장에는 소녀에서 여자가 되어 찬란한 20대를 보낸 나의 10년의 역사가 담겨 있다. 지긋지긋했던 여고생의 타이틀을 벗어버리는 기념이 된, 성인식보다 더 설레던 내 인생의 첫 하이힐부터 사회에 첫발을 들여놓은 내게 당당한 자신감을 불어넣는 주문이 되어주었던 블랙 에나멜 펌프스 그리고 패션에디터가 된 기념으로 엄마에게 선물받은 하이힐까지 구두만으로도 내가 걸어온 시간들을 얘기할 수 있다.

여자들을 열광하게 만들고 한눈에 반하게 만드는 구두의 매력은 도대체 무엇일까? 그것은 어떤 구두를 신느냐에 따라 똑같은 블랙 원피스도 전혀 다른 옷처럼 보이게 만드는 힘이다. 화려한 쥬얼리도 심지어 유명 브랜드의 가방조차도 이런 드라마틱한 파워를 갖고 있진 않다. 새로운 구두를 신을 때는 새 옷을 입었을 때의 어색하고도 설레는 기분과는 전혀 다른 뿌듯함이 온몸으로 짜릿하게 퍼져나간다. 허리를 곧게 펴고, 엉덩이를 바짝 긴장시킨 채 경쾌하게 울리는 굽 소리를 들으며 걷다 보면 아드레날린 지수가 최고조에 이른다. 굽 소리는 때론 자신감을 고조시키는 격려의 음악이 되기도 하고, 때론 우울하게 가라앉은 기분을 흔들어 깨워주는 상쾌한 멜로디가 되기도 한다.

가끔 날렵한 힐이 보도블록 사이에 끼거나 발목을 삐끗해 휘청거릴 때도 있지만 시간이 지나다 보면 어떤 길을 피해야 하는지, 어떻게 걸어야 조금 편안한지 노하우를 터득하게 될 것이다. 불편하다고 해서 포기하지 말아야 할 것들, 그것을 포기하지 않고도 자연스럽게 인생의 길을 가는 방법을 터득하는 것은 물론, 스스로에게 자신감을 안겨주는 주문을 '또각또각' 소리에 맞춰 외우게 될 것이다.

자신이 살고 싶은 방향으로 멋진 구두를 신고 경쾌한 굽 소리를 울리며 당당하게 걸어가 보자. 인생의 소중한 순간들을 함께할 당신만의 구두를 선택해보자. 자신을 가장 멋지게 드러낼 수 있는 방법을 적극적으로 찾아보자. 자신의 욕망에 최대한 솔직하고 충실하게 말이다.

스무살, 마법의 주문을 외워라!

Shoeaholic's Diary 2

내 인생의 첫 하이힐은 열아홉 살, 대학 수학 능력 시험을 치른 날 구입한 스틸레토힐이다. 수능 시험날 저녁 십년지기 친구들과 신나는 파티를 계획했던 나는 시험이 끝나자마자 곧바로 백화점으로 달려가 하이힐을 신어봤다. 하이힐을 신는다는 건 예쁜 옷을 사거나 빨간색 립스틱을 바르는 것 이상으로 내게 어른이 된다는 것을 의미했고, 난생 처음 섹시한 하이힐을 이것저것 신어보던 나는 아찔한 기쁨을 느꼈다.

교복을 벗고 롱 코트에 하이힐을 신은 채 외출하던 그날 밤, 걸을 때마다 또각또각 하고 골목길에 울려 퍼지던 청명한 굽 소리에 얼마나 기분이 으쓱하던지! 순진한 여고생에게 어른이 된 것 같은 자신감을 불어넣어 줬던 하이힐은 내게 구두 그 이상의 의미를 안겨주었다.

파티에 친구들은 모두 한껏 멋을 부리고 등장했는데, 신기하게도 가장 친한 친구가 나와 똑같은 구두를 신고 나왔다. 비슷한 취향을 지닌 탓에 똑같은 신발에 마음을 빼앗겼던 것이다. 역시 우리는 친구라며 깔깔대고 웃었지만 이런 예쁜 구두는 나 혼자만 신고 싶다는 소유욕 때문인지 조금 마음이 불편해지기도 했다.

그날 우리는 똑같은 교복 속에 감춰졌던 서로의 다른 꿈들을 발견했고, 그 모습만큼이나 구두에 관한 취향도 저마다 다르다는 사실을 알게 되었다. 언제나 캐주얼하고 보이시한 스타일을 선호하던 한 친구는 우리의 하이힐을 몹쓸 물건으로 치부해 버리기도 했다. 걷기에도 불편하고 궂은 날씨엔 더더욱 치명적인 신발이라는 이유로(그날은 하루 종일 함박눈이 펑펑 쏟아졌다). 그녀는 남성용 탭 슈즈처럼 생긴 옥스퍼드 슈즈를 신고 왔는데, 그녀의 짧은 보브컷 헤어와 보이시한 옷차림엔 더 없이 근사하게 어울렸지만 어쩐지 그 옥스포드 슈즈는 영원히 내 신발이 될 것 같진 않았다.

대학 입학과 동시에 구두에 대한 나의 관심은 점점 커져갔다. 당시 내 스타일은 다른 대학 새내기 친구들의 룩look과는 조금 달랐다. 드럼 팬츠라고 불리는 헐렁한 배기팬츠baggypants에 투박한 닥터마틴 슈즈를 매치하는 게 유행이었던 그 시절, 나는 고집스레 하이힐과 스커트, 슬림한 팬츠를 매치했고 덕분에 교생이라는 별명을 얻기도 했다. 하지만 멋진 프로포션proportion과 하이힐의 치명적인 매력에 빠져 있던 나로서는 절대로 그 투박한 구두에 발을 밀어넣고 싶지 않았다!

나는 계절이 바뀔 때마다 새로운 하이힐을 장만하는 데 여념이 없었고, 1학년이 끝날 즈음에는 하이힐을 신고도 휘청거리지 않고 온전히 그리고 멋스럽게 걸을 수 있게 됐다.

그러던 중, 하이힐을 향한 나의 고집스러운 애정전선에도 이상이 생겼다. 대학 2학년 즈음 양갓집 규수 스타일이 유행하면서 플랫슈즈의 시대가 찾아온 것이다. 타임이나 마인 같은 브랜드의 얌전하고 단아한 의상에 머리에는 큐빅핀을 꽂고 토트백을 드는 것이 유행이었던 그때 여자들의 신발장을 차지한 것은 리본이나 *간치니 장식이 달린 명품 브랜드의 플랫슈즈였다. 닥터마틴 슈즈에는 눈하나 깜짝하지 않던 나도 이 우아한 플랫슈즈에는 마음이 끌렸고, 여자의 마음을 너무도 쉽게 흔들어놓는 패션의 유행은 나의 보물 1호였던 스틸레토힐들을 몰아내고 당시 잇 슈즈로 떠올랐던 바라, 오드리 같은 여성스러운 이름의 플랫슈즈들을 신발장에 안착시켰다.

두려운 기분으로 하이힐에서 내려온 나는 상상치도 못했던 천국같이 편안한 기분을 만끽했다. 스쿨버스나 지하철에 서 있는 것이 하나도 힘들지 않았고, 친구들과 종일 돌아다녀도 피곤하지 않았다. 낮은 굽 때문이기도 했지만 고급 브랜드의 핸드 메이드 구두가 주는 안락

* **간치니** '작은 고리'를 의미하는 이탈리아어로 1990년대 페라가모의 구두 장식으로 사용되어 큰 인기를 얻었다.

19

하고 부드러운 감촉을 처음으로 경험했던 것이다!

디자인이 예쁘다고 무조건 좋은 구두가 아니라는 것, 정말 훌륭한 구두란 스타일은 물론 편안함과 안정감을 가져다준다는 사실을 나는 그렇게 깨달아갔다. 앞코 모양이나 컬러만 보고 구두를 고르던 습관에서 벗어나 밑창이나 신었을 때 안감의 감촉까지 따져서 고르기 시작했고, 다양한 브랜드의 다양한 스타일을 두루 시도하면서 같은 하이힐이라도 내게 좀 더 어울리는 디자인이 무엇인지, 어떤 것이 내게 편안한지 조금씩 알게 되었다.

그렇게 구두와 옷, 패션의 미학에 완전히 매료돼 있던 나는 대학을 졸업할 즈음 패션에디터가 되고 싶다는 열망에 휩싸였고, 꿈에 그리던 패션매거진에 입사지원을 했다.

합격통보를 받은 날은 지금 생각해도 떨릴 만큼 내생에 최고의 순간이다. 그 기쁨 넘치는 순간 내가 가장 먼저 달려간 곳 역시 한 *플래그십 스토어flagship store의 슈즈 코너였다. 고3 소녀가 어른이 되기 위해 하이힐을 샀던 날처럼, 평범한 여대생인 내가 패션에디터로서의 떨리는 첫발을 내딛기 위해서는 무엇보다 멋진 하이힐이 필요했기 때문이다. 그렇게 구입한 블랙 에나멜 스틸레토힐을 신고 첫 출

---

* **플래그십 스토어** 시장에서 성공을 거둔 특정 상품 브랜드를 중심으로 브랜드의 성격과 이미지를 극대화한 매장.
* **프레스 세일** 패션에디터들을 대상으로 브랜드에서 50~80% 정도 할인해 주는 세일
* **샘플 세일** 촬영용 의상이나 구두를 촬영 시즌이 끝난 후 거의 90% 인하한 가격으로 판매하는 세일

근을 한 날 아침, 엘리베이터에서 마주친 선배 에디터들은 "너 참 예쁜 구두를 신었구나"라며 한마디씩 칭찬을 해주었고 긴장감으로 똘똘 뭉쳤던 어깨에 조금씩 자신감이 붙었던 기억이 난다.

인턴십 에디터로 일하던 그 1년은 날렵한 디자인의 구두를 좋아하는 내겐 발이 힘든 만큼 몹시 고달픈 시기였지만, 예쁜 구두를 원 없이 볼 수 있어서 눈이 반짝반짝해질 수밖에 없던 때이기도 하다. 촬영용으로 픽업해 온 수십 켤레의 구두들 중에서 예쁜 것들을 신어보고, *프레스 세일이나 *샘플 세일을 이용해 값비싼 해외 브랜드 구두들을 매우 저렴하게 장만할 수 있어 아주 신이 났으니까(당시 구입했던 블랙 하이힐 부츠나 스틸레토 펌프스, 스트랩 샌들 등은 여전히 내 신발장 속 보물들로 남아 있다).

처음으로 컬렉션 취재를 나갔을 때도, 선배를 따라 처음으로 화보 촬영을 도왔을 때도(그렇게 높은 구두를 신고 어떻게 험한 일을 하겠느냐는 질책과 따가운 눈초리에도 불구하고!) 언제나 내 발엔 수호신처럼 블랙 하이힐이 신겨져 있었다. 반짝이는 블랙 하이힐을 신고 패션에디터로서의 당당한 발걸음을 내딛는 모습은 수능 시험이 끝난 날 스틸레토힐을 구입하던 소녀가 그토록 상상하고 동경하던 모습이었는지도 모른다.

나는 지금 때론 울퉁불퉁하고 때론 너무 좁고, 때론 너무 많은 갈

림길이 있는 스무살의 날들을 지나 조금은 편편해져서 좀 더 우아하고 여유 있게 걸을 수 있는 서른살의 날들을 걸어가고 있다. 5년 후, 혹은 10년 후에 내가 상상하는 나의 모습을 만나기 위해 경쾌한 굽소리를 내면서 말이다.

닮고 싶은 그녀들

Shoeaholic's Diary 3

　내가 패션지에 지대한 관심을 품고 에디터가 되겠다는 꿈을 갖기 시작할 무렵, 행운처럼 인턴십 에디터의 기회가 찾아왔던 순간에도 내 기억 속에는 하이힐이 존재한다. 나를 면접하기 위해 들어온 이혜주 편집장(지금은 《W 코리아》의 편집장이다)의 하이힐이 바로 그 주인공.

　나는 이미 《보그 코리아》 패션디렉터로서 그녀가 선보이던 방대한 스케일의 화보와 날 선 패션기사에 열광하고 있었으며, 멋진 커리어우먼, 넘치는 열정을 가진 성공한 여자의 롤 모델로 그녀를 생각해왔다. 내게 패션에디터라는 꿈을 품게 한, 내 인생의 롤 모델을 직접 대면하게 된 날이었으니 얼마나 떨리고 설레는 순간이었는지 짐작이 갈 것이다.

　그날 그녀가 신고 있던 신발은 레오파드leopard 프린트의 앞코가 매끈하게 빠진 하이힐이었는데, 그것은 그 무렵 잡지 화보를 끊임없이 장식하던 돌체 앤 가바나의 섹시한 스틸레토힐이었다. 아직 학생이었던 내가 갖기엔 너무 섹시하고 도발적이어서 감히 엄두가 나지 않던, 하지만 언젠가 내가 성공한 커리어우먼이 된다면 반드시 신어보고 싶었던 바로 그 구두.

내가 상상하던 멋진 여자의 모습은 바로 그런 것이었다. 자신이 원하는 게 무엇인지 분명히 알고 즐거움과 열정을 갖고 일하는 여자, 자신이 정말 잘할 수 있고 몰두할 수 있는 일을 찾은 덕분에 늘 자신감이 넘치고 당당한 여자, 타이트한 펜슬스커트를 입든 매니시mannish한 팬츠 수트를 입든 언제나 앞코가 날렵하게 잘 빠진 하이힐을 신는 여자.

사회생활의 첫 관문이었던 면접 날, 나는 그동안 내가 상상하고 꿈꿔왔던 성공한 커리어우먼의 모습을 실제로 목격했고, 내가 나아가야 할 삶의 방향이 좀 더 확실해지는 것을 느꼈다.

그렇게 패션에디터로 입문한 후 한 해 두 해 지내면서 자신만의 스타일을 갖고 있는 멋진 여자들과 수없이 마주쳤고, 여전히 나는 매일 새로운 사람들의 새로운 스타일에 감동하거나 자극을 받는다.

특히 뉴욕, 파리, 밀라노에서 벌어지는 해외 컬렉션 기간엔 내게 '스타일이란 무엇이다' 라고 가르치는 것 같은 멋쟁이 여자들을 하루에도 수십 명씩 보게 된다. 쇼 기간 중엔 전세계에서 가장 세련되고 스타일리시한 패션피플들이 한꺼번에 모여들어 런웨이runway는 물론, 거리에서도 패션쇼 못지않은 스타일 전쟁이 벌어지기 때문이다.

모델과 디자이너, 스타일리스트 등 패션매거진에서 일하며 만나게 되는 내로라하는 멋쟁이들이 서울에도 수두룩하지만, 해외 컬렉션 기간 중에 마주치는 셀러브리티celebrity 수준의 유명 해외 패션매거진 에디터들과 스타일리스트, 전세계 잡지를 도배하는 슈퍼모델들의 패션센스는 언제 봐도 감탄과 질투심을 불러일으킬 만큼 근사하다.

유명 디자이너의 컬렉션에 등장한 쇼 의상을 그대로 입고 나타나는 것은 기본, 거기에 자신의 감각과 캐주얼한 아이템을 더해 자신만의 방식으로 하이패션을 소화해내는 그들의 믹스 매치 노하우는 매 시즌 쇼 장을 찾는 내게 새로운 영감을 불러일으켜주고 패션기사에 대한 아이디어를 제공하며, 스타일에 대한 날카로운 시각을 갖게 해준다.

그중에서도 언제나 내 가슴을 설레게 하고 눈길을 뗄 수 없게 하는 이들은 바로 파리 《보그》의 에디터들이다. 편집장 카린 로이펠드를 필두로 패션디렉터 엠마누엘 알트와 멜라니 휴이, 제랄딘 사글리오로 이어지는 파리 《보그》 에디터들의 스타일은 시크chic하고 약간 음울한 듯해 보이는 프렌치 시크 룩의 표본이다.

'프랑스에선 파리 《보그》 에디터들이 록스타보다 더 요란스럽게 등장한다'고 미국 언론이 비아냥거릴 만큼 셀러브리티 수준의 유명세를 타고 있는 그들의 스타일은 내게 패션에 대한 영감을 불러일으켜주는 나의 스타일 아이콘이다.

패션디렉터 엠마누엘 알트의 스타일은 특히 내 눈을 사로잡는다. 프랑스 패션매거진 《Mixte》의 패션에디터로 일하다 2000년부터 파리 《보그》에 합류한 그녀는 180cm가 훌쩍 넘는 키와 스키니한 몸매로 이루어진 근사한 프로포션을 지녔다. 어딘지 우울함이 배어 있는 것 같은 지극히 파리지엔스러운 얼굴, 아무렇게나 흐트러진 머리카락을 쓸어올리며 긴 다리로 성큼성큼 걷는 그녀의 모습은 파리 컬렉션 기간 내내 내 마음을 사로잡고, 스트리트 패션 포토그래퍼들의 셔터를 바쁘게 만든다.

그녀는 흔하디 흔한 블랙 티셔츠 한 장을 가지고도 매일 다른 아이템을 매치해 시크하게 소화해내는 본능적인 스타일링 감각을 가졌다. 어떤 날엔 물 빠진 데님 팬츠에 블랙 티셔츠와 빈티지 샤넬 재킷을 입는가 하면, 어떤 날엔 똑같은 블랙 티셔츠에 발망의 빨간색 레오파드 프린트 스키니와 턱시도 재킷을 매치한다. 서울의 멋쟁이들에게 한창 인기를 끌고 있는 라이더rider 스타일의 가죽 재킷 역시 엠마누엘 알트의 시그니처signature 아이템이다. 터프한 라이더 재킷을 기본으로 심플한 블랙 원피스나 쇼츠를 매치하거나 아주 타이트한 스키니 진을 매치하는 등 변화무쌍한 스타일은 몇 년 전부터 컬렉션 시즌마다 마주쳤던 그녀만의 스타일이었다.

그러나 무엇보다 엠마누엘 알트가 나를 사로잡는 이유는 누구보다 멋지게 하이힐을 소화해내는 센스다. 근사한 하이힐이 여자의 프로포션을 얼마나 달라 보이게 하는지, 예쁜 구두가 여자의 룩에서 얼마나 중요한 역할을 하는지 고스란히 보여주는 그녀의 멋진 구두들을 볼 때마다 탄성을 자아낸다. 슈퍼모델 버금가는 큰 키와 긴 다리를 가졌음에도 언제나 20cm는 족히 넘는 킬힐kill-heel을 고집하는 그녀. 덕분에 그녀의 길고 긴 프로포션은 더욱 빛을 발하고 캐주얼한 데님 팬츠를 입어도 드레스업한 것처럼 보인다. 지난 시즌 파리 컬렉션에 갔을 때도 그녀는 나의 위시아이템wish-item인 크리스찬 루부탱의 프린지 장식 부츠, 랑방의 펌프스, 이브 생 로랑의 부티 등 기막히게 멋진 하이힐을 시크한 의상들과 함께 매일 선보였다.

그런 아름다운 하이힐 덕분에 그녀의 세련된 블랙 스타일링은 더욱 아찔해 보인다. 조형적인 킬힐이 아니었다면 그렇게 엣지 있고 세련된 프렌치 시크 룩은 탄생하지 못했을 것이다. 물론 전세계 패션블로그에 실시간으로 그녀의 사진이 업데이트되는 일도 없지 않았을까?

나는 매달 애인을 만나러 가는 것처럼 설레는 기분으로 파리 《보그》를 펼쳐 엠마누엘 알트가 촬영한 화보를 본다. 그녀는 그 시즌의 가장 강력한 트렌드를 주제로 촬영 의상을 스타일링하면서도 자신이 즐겨 입는 시그니처 스타일을 신기할 정도로 고스란히 녹여낸다. 화보의 주제가 80년대건, 데님이건, 웨딩드레스건 간에 그녀라면 실제로 이렇게 입었을 것 같은 리얼리티와 아이덴티티가 드러난다.

유행과 자신의 패션스타일, 지금의 나의 삶과 내가 만들어내는 패션판타지 사이의 거리가 그다지 멀지 않은 것, 억지를 부리지 않아도 어느새 그 모든 게 자연스럽게 조화를 이루고 있는 삶. 어쩌면 그것은 내가 진정으로 그녀에게서 닮고 싶은 한 가지일지도 모르겠다.

절대 포기하지 말아야 할 것

Shoeaholic's Diary 4

　남자들은 혹은 발이 편한 구두를 선호하는 여자들은 신은 것인지 올라탄 것인지 알 수 없는 높이의 하이힐을 고집하는 여자들을 이해하지 못하는 듯하다. 때론 10cm 이상의 힐을 신고 횡단보도를 자연스럽게 뛰어가는 여자들을 경이로운 눈으로 바라보면서도, 왜 보기에도 아찔한 그 높이를 고집하는 것인지 의아해한다.

　열 시간씩 서 있어야 하는 화보촬영이나 하루 종일 의상을 픽업하러 돌아다녀야 하는 고된 날이 아니라면 나 역시 어김없이 하이힐을 신는다. 내가 하이힐을 고집하는 이유는 간단하다. 좀 더 멋진 프로포션을 갖기 위해서, 몸을 똑바로 세운 당당한 자세와 자신감 넘치는 기분을 갖기 위해서다.

　플랫슈즈를 신었을 때는 걸음걸이와 자세에 크게 신경이 쓰이지 않지만, 하이힐을 신으면 걸을 때 다리가 교차되는 모양, 앉았을 때 발끝이 바닥에 닿는 각도, 다리를 꼬았을 때의 실루엣 같은 디테일에 민감해진다. 하이힐을 신은 채 다리를 벌리고 걷거나 세련되지 않은 자세로 앉아 있는 것은 정말이지 너무도 언밸런스해 보이기 때문이다. 그래서 하이힐을 신은 날에는 걸을 때는 물론 앉을 때도 자세에 신경을 쓰게 되고 하이힐에 어울리는 우아한 애티튜드attitude를 가지려고 노력하게 된다.

그것은 내게 하루 종일 미묘한 긴장감을 불러일으키는 동시에 나 스스로에게 좀 더 집중하게 만든다. 바쁜 생활 속에서 순간순간 잊히고 지나쳐버리기 쉬운 '나' 라는 존재에 대한 세밀한 관찰을 나는 하이힐을 통해 하고 있으며, 스스로를 특별한 존재로 대우할 수 있는 놀라운 자신감을 얻게 된다. 이는 커다란 노력이나 별다른 장치 없이 여자만이 누릴 수 있는 특별한 경험이다. 그래서 나는 이 놀라운 기쁨을 아직 맛보지 못한 여자들의 발에 하이힐을 신겨주고 싶다.

❖

하이힐이라는 단어는 최근 들어 스카이 하이힐, 킬힐 같은 극단적인 형용사를 달고 나타났다. 20cm를 넘는 아찔한 하이힐들이 쏟아져 나온 요즘, '9cm 하이힐의 치명적 유혹' 이란 카피라이트는 너무도 촌스럽게 느껴질 정도다.

그렇다면 하이힐이 하늘 높은 줄 모르고 계속 높아져 가는 이유는 무엇일까? 하이힐이 여자들의 룩을 드레스업 해주는 필수 요소가 된

지는 이미 오래지만, 특히 요즘처럼 길고 가느다란 실루엣이 패셔너 블함의 기준이 될 때는 길고 아찔한 프로포션을 유지하는 것이 어떤 옷을 입느냐보다 중요하기 때문이다.

얼마 전, 광고 에이전시를 운영하는 한 지인과 얘기를 나누던 중 파리 《보그》 에디터들의 하이힐 사랑에 관한 재미있는 에피소드를 듣게 됐다. 국내 의류 브랜드의 런칭 광고 촬영을 위해 파리를 찾은 촬영팀은 파리 《보그》의 엠마누엘 알트와 함께 촬영을 진행했는데(외 국 패션매거진 에디터들의 경우 프리랜서로 브랜드 광고 촬영이나 패션쇼의 스타일리스트를 겸업한다), 알트는 물론 그녀의 세 명의 어시스턴트들 까지 모조리 어마어마한 높이의 하이힐을 신고 나타났다는 것이다. 촬영 일정이 빡빡하고 힘들었던 터라 내심 걱정을 한 한국 스태프들 은 한 어시스턴트에게 다가가 "일할 때는 운동화나 플랫슈즈 같은 걸 신는 게 편하지 않느냐"고 물었더니, 그들은 하이힐을 신는 것은 파 리 《보그》 에디터들에겐 거부할 수 없는 절대적인 것이라고 대답했 다고 한다. 편집장 카린 로이펠드는 무슨 일이 있어도 대충 입은 것 같은 옷차림은 용납하지 않는다며, 특히 하이힐을 포기한 채 '일하는 사람 같은 룩'을 하고 있으면 아주 싫어한다고 덧붙이면서 말이다.

하이힐을 벗어 던진다는 것 자체가 세련된 여자로서의 자존심을 벗어 던지고 그냥 일하는 여자로 전락하는 것과 마찬가지 개념으로 통한다니, 언뜻 들으면 오해의 소지로 가득 찬 말이지만 하이힐이 여

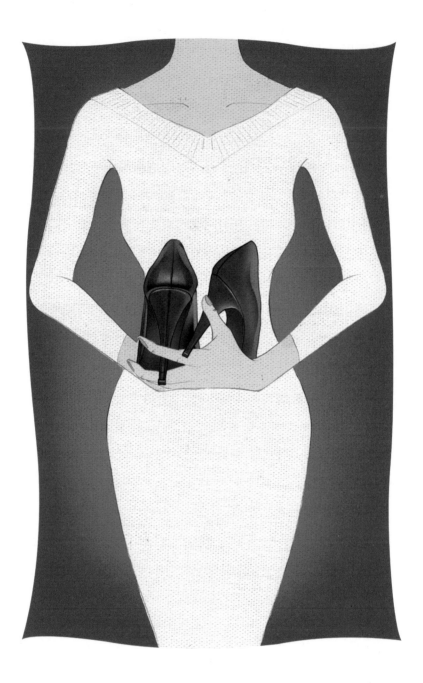

자의 신분과 사회적 지위를 드러내는 은밀한 수단이라는 것에는 사실 공감할 것이다. 성공한 여자를 떠올릴 때 흔히 시크한 정장에 검정 스틸레토힐을 신은 모습을 상상하지 않는가.

하이힐이 여자의 키는 물론 사회적 지위와 자존심까지 상승시킨다는 사실은 셀러브리티들의 옷차림에서도 증명된다. LA와 뉴욕을 종횡무진하는 패션 셀러브리티들의 파파라치 사진 속엔 어김없이 플랫 슈즈가 등장하지만, 그들이 레드카펫을 밟을 땐 얘기가 달라진다. 자신의 아름다움과 공인으로서의 지위를 표출하기 위해 드레스만큼이나 중요한 것이 하이힐이니까.

양쪽에 하녀를 대동해야만 걸을 수 있을 만한 높이의 하이힐을 신었던 16세기 귀족 부인들이나 수백 켤레에 달하는 하이힐을 소장했던 인류 최초의 패셔니스타이자 구두 페티스트인 마리 앙투와네트의 경우에서 보듯이 하이힐은 과거 신분이 높은 여자들을 위한 사치품이었다. 몇 세기 전으로 거슬러 올라가는 하이힐의 탄생 히스토리는 매우 흥미진진하다.

16세기 초, 이탈리아 최고의 명문가인 피렌체 메디치가의 카트린 드 메디치가 프랑스 파리로 시집을 가면서 배우들을 돋보이게 하기 위해 사용되던 20cm의 연극 무대용 통굽을 약간 뾰족하게 만들어 가져갔는데, 결혼식과 피로연에서 신은 이 굽 높은 신발이 그녀를 돋보이게 만들어 파리 사교계에 센세이션을 불러일으켰다.

왕궁 무도회를 비롯한 사교계에 굽이 높은 구두를 신고 나타난 카트린 드 메디치는 어딜 가나 주목을 받았고, 당시의 패션 트렌드세터 trend setter로 당당히 이름을 날리게 되었으며 유럽 전역의 모든 여자들은 카트린이 신은 것 같은 구두를 제작하기 위해 슈즈 메이커들을 찾아 나섰다. 하이힐이 여자들의 욕망의 대상으로 떠오른 것이다!

당시 실제로 지체 높은 양갓집 규수들이 하이힐을 신고 품위 있게 걷기 위해 밤마다 집에서 하이힐을 신고 워킹 연습을 했다고 하니 상상만 해도 재미있는 일이다. 여자들의 새로운 유행 때문에 골치가 아파진 건 남자들. 넘어질 듯 위태로운 여자들을 부축하고 문을 열어주는 남자들의 에스코트가 이때부터 본격적으로 시작됐으니 말이다.

수백 년이 지난 지금도 상황이 크게 달라진 건 아니다. 수많은 트렌드세터 중 특히 킬힐 마니아로 알려진 프랑스 《보그》의 편집장 카린 로이펠드는 16세기 파리의 하이힐 장면을 고스란히 재현한다. 그녀는 항상 20cm가 넘는 런웨이용 하이힐을 신고 어시스턴트와 팔짱을 꼭 낀 채 나타나는데, 소문에 의하면 그 다정다감한 모습이 사실은 넘어지지 않기 위해 어시스턴트의 부축을 받고 걷기 때문이라는 것이다. 전세계 패션트렌드를 좌지우지하는 프렌치 시크의 대표 아이콘인 카린 로이펠드에게 그런 비하인드 스토리가 있을 줄이야!

남자들에게 수트가 사회적 지위와 체면의 상징이라면, 여자에게 하이힐은 좀 더 향상된 프로포션은 물론 매력적이고 성공한 여자로서의 이미지를 동시에 선사하는 존재다.

그러니 하이힐을 사랑하는 여자들이여, 부디 학교와 회사의 복도에 울려 퍼지는 자신의 청명한 굽 소리를 마음껏 즐겨라. 만일 지금껏 하이힐에 눈길조차 주지 않았던 여자들이라면 당신의 매력을 배가시키고 거기에 자신감까지 불어넣어 줄 이 손쉬운 마법에 부디 빠져들기 바란다. 마릴린 먼로가 당신에게 이렇게 충고하고 있다.

"나를 성공의 길로 높이 올려준 건 다름 아닌 하이힐이었어요!"

하이힐, 그 참을 수 없는 유혹

Shoeaholic's Diary 5

하이힐을 자신의 명성과 여자로서의 아름다움을 상승시키기 위한 도구로 사용하는 셀러브리티들은 수없이 많지만, 개인적으로 메리 케이트 올슨의 하이힐에 깊은 인상을 받았다. 10대 시절에 TV 프로그램 〈풀 하우스〉로 이미 백만장자의 부를 거머쥔 소녀였지만, 그 뒤 패션 사업가로서 혹은 패셔니스타로서 그녀를 새롭게 발돋움시킨 것은 바로 빨간색 밑창의 크리스찬 루부탱 하이힐이다.

쌍둥이 동생과 함께 시트콤에 출연해 국민 요정이 되었지만, 성인이 된 후 155cm의 작은 키 때문에 별다른 캐릭터를 찾지 못한 채 방황했던 MK 올슨. 하지만 그녀는 자신의 콤플렉스를 보완해 줄 무기를 찾았으니 그것이 바로 루부탱의 킬힐이었다.

2004년 그녀가 덤프 시크 룩에 새빨간 밑창이 눈에 띄는 하이힐 플랫폼 슈즈를 매치한 순간 모든 사람들은 새로운 패셔니스타의 탄생을 예감했다. 아니나 다를까. 그녀의 파파라치 사진은 블로그와 매거진을 통해 삽시간에 퍼져 나갔고 급기야 MK 스타일이라는 새로운 룩을 탄생시켰다.

비즈니스 마인드가 뛰어난 그녀는 이 기회를 놓치지 않고 쌍둥이 동생과 함께 패션브랜드 '엘리자베스&제임스'를 런칭해 전세계의 트렌디한 걸들이 자신의 스타일을 쉽고 편안하게 따라하도록 부추겼다. 국내에서 크리스찬 루부탱이라는 브랜드를 대중적으로 알리는 데 한 몫 한 것도 메리 케이트 올슨의 그 유명한 블랙 페이턴트 킬힐을 신은 파파라치 컷이었다.

파리 프렝탕 백화점에 자신의 레이블label을 런칭할 정도로 사업에 성공한 패셔니스타 MK 올슨은 여전히 빨간색 밑창이 돋보이는 루부탱의 킬힐을 신고 줄기차게 가십지의 1면을 장식하는 중이다. 2007년 CFDA어워드에 크리스찬 루부탱과 함께 참석하며 돈독한 관계를 몸소 증명하기도 했다. 그녀에게 루부탱의 하이힐이 없었다면, 과연 패셔니스타로서의 제2의 전성기를 맞이할 수 있었을까?

❖

한때 9cm 하이힐이 여자들의 섹시함을 상징하는 아이콘이었다면 지금은 15cm를 훌쩍 넘는 플랫폼 슈즈와 부티가 당연한 것처럼 여겨진다. 디자이너들 역시 런웨이 위 의상들이 더욱 길고 스키니한 프로포션으로 보여지게 하기 위해 모델들에게 20cm가 넘는 킬힐을 경쟁적으로 신겨 내보낸다. 그러다 보니 무대 위에서 모델들이 미끄러지고 나뒹구는 일은 점점 허다해졌다. 워킹에 서투른 신인 모델들은 물론, 내로라하는 톱 슈퍼모델들에게도 이런 무시무시한 킬힐은 난생 처음이니 그 살얼음판 같은 런웨이에서 바들바들 떨며 워킹하다 미끄러지는 게 당연지사(유명 디자이너의 쇼에 서기 위해 목숨 거는 패션 모델들도 캐스팅 다닐 땐 반드시 하이힐을 신어야 한다).

2009년 S/S 컬렉션 기간엔 이런 현상이 그 어느 때보다 심해져 정말 볼 만한 광경이 자주 연출됐는데, 프라다 컬렉션에서는 20cm가 넘는 킬힐에다 미끄러운 덧버선까지 신겨 모델을 두 명이나 나뒹굴게 만들었고, 에밀리오 푸치 쇼에서는 톱 모델 안젤라 린드발이 무대 위에서 두 번이나 넘어지는 대형 사고가 벌어졌다. 패션계의 트렌드가 이렇다 보니 스트리트 패션에서도 세련된 여자들의 옷차림엔 이렇게 사람 잡는 하이힐이 필수 불가결한 요소로 떠올랐다.

컬렉션을 취재하기 위해 파리를 찾은 나는 전세계에서 모여든 멋쟁이 여자들이 20cm쯤 되는 하이힐을 신은 채 보폭을 최대한 좁히고 아슬아슬하게 걷는 모습을 수없이 목격했다. 하나같이 시크한 블랙 의상에 다리를 더욱 길어 보이게 만드는 플랫폼 하이힐에 올라 탄 것 같은 모습으로 파리의 울퉁불퉁한 돌바닥 위에서 넘어지지 않기 위해 안간힘을 쓰는 모습은 서커스를 방불케 했다.

나 역시 멋진 룩으로 쇼 장을 찾고 싶은 욕심에 첫날부터 15cm나

되는 플랫폼 부츠를 신고 호텔을 나섰지만, 아침 9시부터 밤 9시까지 한 시간 간격으로 진행되는 수많은 쇼를 위해 파리 시내 구석구석을 돌아다녀야 하는 강행군이 계속되자 견딜 수 없는 발의 통증과 피로가 밀려왔다. 게다가 파리의 거리는 수백 년 전의 모습을 그대로 간직한 오래되고 울퉁불퉁한 돌바닥이 아니던가! 그렇다고 플랫슈즈를 신자니 뭘 입어도 스타일이 살지 않아 고민하던 나는 둘째 날부터 잔머리를 쓰기 시작했다. 커다란 빅 백에 플랫슈즈를 넣고 다닌 것! 지하철이나 길거리에서는 플랫슈즈를 신고 돌아다니다가 쇼 장 근처에서 다시 하이힐로 갈아 신는 이 방법은 조금 귀찮긴 해도 스타일과 건강을 모두 챙기는 최선의 선택이었다.

재미있는 사실은, 알고 보니 이런 꾀를 부리는 사람은 나뿐만이 아니었다는 것이다. 크리스찬 디올 쇼 장 앞에서 만난 유명 해외 패션 매거진 에디터는 분명 20cm가 넘는 플랫폼힐을 신고 있었는데, 잠시 후 한 멀티숍에서 쇼핑 중인 그녀의 발에는 어느새 새틴 플랫슈즈가 신겨져 있었으니까.

영화나 소설 속에서도 하이힐은 여자들에게 수많은 해프닝을 제공하는 동시에 상징적인 의미로 자주 등장한다. 하이힐 마니아인 영화 〈섹스 앤 더 시티〉의 캐리가 파란색 마놀로 블라닉 슈즈를 찾으러 갔다가 빅과 재회하는 마지막 장면, 〈친절한 금자씨〉의 금자가 출소하자마자 빨간색 하이힐로 갈아 신은 채 복수를 꿈꾸는 장면, 빨간색 스틸레토힐이 무시무시해 보였던 『악마는 프라다를 입는다』의 원서 커버까지 하이힐이 가진 상징성과 에피소드는 무궁무진하다.

나의 시간은 6개월 앞서 간다

Shoeaholic's Diary 6

2001년 11월, 《보그걸》의 인턴십 에디터를 시작으로 지금까지
꼬박 7년이 넘는 시간 동안 나는 한 잡지의 패션에디터로 일하고 있
다. 유난히 매체 간 이동이 잦고 다른 분야로의 이직도 많은 잡지 업
계에서 한 직장에 이토록 오래 머무른다는 것은 매우 드문 일이다.
처음 일을 시작할 때 알고 지내던 업계 사람들을 오랜만에 만나게 되
면 그들은 내가 여전히 같은 곳에서 같은 일을 하고 있다는 사실에
무척 놀라고 의아해 한다.

　내가 한번도 다른 곳을 두리번거리지 않고, 내 자리를 지켰던 이유
는 무엇일까? 딱히 꼬집어낼 만한 이유가 있는 것은 아니지만 굳이
설명하자면 '시작'이 주었던 설레고 감사한 마음을 잃고 싶지 않았다
고 할까. 나를 받아주고 내 능력을 인정해준 이곳, 나의 첫 직장에 나
는 무한한 애정을 가지고 있었고, 게다가 이 잡지의 탄생부터 함께해

온 터라 에디터로서의 나의 성장 과정이 모두 담겨 있어 쉽사리 어디론가 떠나기 힘들었던 것 같다.

8년 전, 내가 처음 회사에 입사했을 때 선배와 상사들의 반응은 회의적이었다. 삐쩍 마른 몸에 모기처럼 작은 목소리, 어딘지 연약해 보이는 인상을 가진 내가 과연 이 험난한 직업을 견딜 수 있을까 하는 우려들을 갖고 있었기 때문이다. 당시 편집장님은 무척이나 나를 아껴주셨음에도 불구하고, 언제나 "넌 편집부 기자들 중 가장 빨리 일을 그만둘 애야. 헝그리정신 없는 네가 얼마나 더 버틸 수 있겠니?"라고 말씀하셨다. 화보촬영을 비롯한 잡지 메이킹의 다양한 과정들을 가르쳐주던 선배 에디터 역시 나의 가는 팔다리를 보며 한숨부터 내쉬곤 했다.

그때마다 나는 마음속에서 뭔가가 끓어오르는 걸 느꼈다. 그것이 오기였는지 인정받고 싶은 욕심이었는지는 모르겠지만 내 열정이 얼마나 뜨거운지, 얼마나 큰 희망을 가지고 여기까지 왔는지를 보여주고 싶었다. 그래서 의상을 픽업할 땐 다른 어시스턴트보다 짐을 한 개라도 더 들려고 했고, 선배들이 영문 원고 번역이나 소소한 글쓰기를 시킬 때면 정말이지 최선을 다해 만족스러울 때까지 쓰고 또 썼다. 덕분에 시간이 흐를수록 조금씩 인정을 받기 시작했고, 결국 2년 만에 패션화보를 촬영하는 행운을 거머쥘 수 있었다.

지금 돌이켜보면 당시 그런 따가운 눈초리와 편견이 없었더라면 그렇게까지 열정을 다해 능력을 인정받으려 하지 않았을 것이고, 결국 지금의 나도 없었을 거란 생각이 든다. 훌륭한 잡지를 만들기 위해서는 패션에 대한 본능적인 감각만큼이나 치열하게 경쟁하고 쟁취하고 눈에 보이는 성과를 이루어내려는 집념과 책임감이 무엇보다 필요하기 때문이다. 나는 1년의 인턴십 에디터 기간 동안 바로 그것을 배웠고, 그것은 나를 좀 더 성숙하고 강한 인간으로 만들어 주었다.

❖

경력 8년차가 된 지금에도 나를 지탱해 주고 매달 새로운 에너지를 불러일으켜 주는 것은 무엇보다 패션이 가진 변화무쌍하고 예측 불가능한 속성과 그것이 안겨주는 판타지다. 패션이란 것은 정말이지 변덕스럽고 싫증을 잘 내서, 이번 시즌에 반드시 입어야 한다며 모두를 현혹하던 디자인이 다음 시즌에는 최악의 디자인이 되기도 한다. 어느 날엔 팬츠가 대세라며 호들갑을 떨다가도 언제 그랬냐는 듯 스커트의 길이에 목숨을 거는 것, 루스한 실루엣이 세련돼 보인다고 외치다가도 금세 스키니한 실루엣이 아니면 눈살을 찌푸리는 것이 바로 패션의 변화무쌍함이고 생동감 넘치는 변덕스러운 기질이다.

이렇게 오락가락 손바닥 뒤집듯 변화하는 패션은 내게 끊임없는 호기심과 궁금증을 불러일으킨다. 다음 시즌엔 어떤 스타일이 트렌드로 떠오를까, 어떤 컬러가 각광을 받게 될까, 새롭게 등장할 패셔니스타는 누구일까? 이런 식의 호기심과 기대는 매 시즌, 혹은 매달

나를 숨 쉬게 하는 공기이고, 패션에디터라는 고단한 직업을 유지하면서 잡지를 만들어낼 수 있게 하는 자양분이다.

유난히 호기심이 많은 나는 어렸을 때부터 옷과 유행, 스타일에 무한한 관심과 애정을 가지고 있었던 터라 앞으로 유행할 스타일을 남보다 6개월이나 먼저 알 수 있고 알아야 한다는 패션에디터의 의무가 언제나 매력적으로 느껴졌다. 누가 알려줘서 유행을 터득하고 다른 사람이 입는 옷차림을 보고 배우는 것이 아니라, 매 시즌 컬렉션에 참석해 6개월 후에나 유행하게 될 트렌드를 세상에서 가장 먼저 눈으로 확인한다는 것은 분명 신나는 일이 아닐 수 없다.

한 시즌을 지배할 트렌드가 탄생하는 순간, 이름만 들어도 가슴이 설레는 유명 디자이너들의 작품을 역시 가슴 떨릴 만큼 유명한 톱 모델들이 입고 워킹하는 순간, 전세계의 유행을 쥐락펴락 하는 영향력 있는 패션피플들과 영화 속에서나 보던 셀러브리티들과 한 공간에서 쇼를 감상하는 순간. 이런 순간들은 분명 누구나 누릴 수 있는 것은 아니며 언제 경험해도 떨리는 순간이다. 물론, 이때 보고 듣고 느낀 것을 고스란히 내 것으로 축적해 잡지를 만들어내는 영양분으로 전환시켜야 한다는 것은 이 황홀한 순간에 따르는 무거운 책임감이지만.

재미있는 것은 쇼 장에 갈 때 내가 입는 옷과 런웨이 위의 옷의 계절이 반대라는 사실이다. 봄 여름 컬렉션의 하늘거리고 가벼운 의상들을 감상할 때는 추운 계절인지라 두터운 외투 차림이고, 가을 겨울

컬렉션의 풍성한 모피와 가죽 의상을 감상할 때는 밝고 가벼운 봄 옷차림인 것. 그래서 항상 머릿속에는 '돌아오는 봄엔 저렇게 입어야겠다', '다음 겨울엔 저런 코트를 사야지' 하는 6개월 이후의 룩과 쇼핑 목록이 만들어지며, 현재의 유행과 다음 시즌 유행할 트렌드가 뒤섞여 마구 혼란스러워지기도 한다.

돌고 도는 패션의 속성상 8년이란 시간 동안 가끔은 트렌드라는 것 자체가 반복적이고 무의미해 보일 때도 있다. 하지만 누구보다 먼저 6개월 후의 유행을 확인하고 돌아오는 일은 아무도 알지 못하는 비밀을 나 혼자 마음속에 간직한 것 마냥 특별한 감정을 불러일으킨다. 6개월 후, 이 비밀을 독자들과 함께 나눌 상상 역시도!

다른 사람보다 6개월을 앞서 살다 보면 가끔은 시간이 너무 빨리 지나버리는 것 같은 기분을 느끼게 된다. 12권의 책을 만들고, 12번의 마감을 하고, 2번의 컬렉션 취재를 다녀오면 금세 1년이란 시간이 지나가고 마니까.

❖

패션에디터로서 지난 시간들을 생각해보면 벌써 8년이 흘렀다는 사실이 실감나지 않을 만큼 눈 깜짝할 새 지나갔다. 하지만 그 8년의 시간이 결코 짧지 않은 세월이었음을 증명해주는 것이 바로 새롭게 탄생하고 진화해온 패션아이콘들이다.

내가 처음 에디터 일을 시작했을 무렵인 2002년에는 영화 〈브링 잇 온〉과 〈스파이더 맨〉으로 떠오른 영스타 커스틴 던스트의 패션이 크게 주목을 받았다. 면 티셔츠와 데님 스커트, 쇼츠, 스니커즈 등으로 스타일링한 그녀의 캐주얼하고 건강한 캘리포니안 시크 룩은 매달 잡지에 빠지지 않고 등장하는 주제였으며, 많은 여자들에게 스타일링 영감을 안겨주었다.

2004년 즈음 혜성같이 등장한 시에나 밀러 역시 당대 최고의 패션 아이콘으로 자리매김했다. 영화 〈나를 책임져, 알피〉로 데뷔한 이 매력적인 외모의 아가씨는 주드 로의 연인으로 알려지며 세간에 큰 화제를 불러일으켰다. 특히 그녀가 즐겨 입던 보헤미안 스타일의 믹스매치 룩은 정말 당시 모든 여자들이 따라했을 만큼 공전의 히트를 기록했다. 나풀거리는 히피 스커트, 웨스턴 부츠, 보헤미안 베스트 등 수많은 히트 아이템을 낳은 시에나 밀러는 전세계 《보그》의 커버를 장식할 만큼 순식간에 패션아이콘으로 등극한 케이스다.

2005년에는 패션계에 충격적인 뉴스가 전해졌었다. 세기의 패션 아이콘 케이트 모스가 코카인을 흡입하는 장면이 몰래 카메라에 찍혀 타블로이드를 도배하게 된 것. 당시 제2의 전성기를 누리고 있던 그녀를 모델로 내세웠던 샤넬, 버버리 등의 패션브랜드들은 서둘러 그녀와의 계약을 파기했고 케이트 모스는 그렇게 침몰해버리는 듯했다. 하지만 변화무쌍하고 예측 불가능한 것이 바로 패션의 속성이란 사실을 증명하듯 케이트 모스는 오히려 그 코카인 스캔들을 계기로

'헤로인 시크'라는 그야말로 새롭고 자극적인 패션스타일을 유행시키며 다시 한번 떠올랐다. 번진 듯한 스모키 아이와 헝클어진 머리, 대충 걸친 듯 멋스러운 블랙 의상과 선글라스로 스타일링한 채 약에 찌든 듯한 록 밴드 남자 친구와 데이트하는 모습, 그리고 약물 치료 시설에 드나드는 그녀의 파파라치 사진이 패셔너블한 여자들에게 경각심은커녕 호기심과 매력을 불러일으킨 것이다. 이 일을 계기로 그녀는 전보다 훨씬 더 많은 패션브랜드의 캠페인을 장식하기 시작했고, 그녀가 입는 스타일이 곧 세계의 패션 법칙이 될 만큼(스키니 진, 플랫 슈즈, 페도라 등) 강력한 패션아이콘으로 자리매김했다.

2006년에는 케이트 모스를 자신의 패션 뮤즈로 삼는다고 공공연히 밝힌 걸스타 린제이 로한이 특유의 섹시하고 펑키한 스타일로 새로운 패션아이콘의 자리를 차지했으며, 2007년에는 빈티지와 하이패션을 자유롭게 믹스 매치하고 엄청난 레이어링으로 스타일을 마무리하는 올슨 자매의 덤프 시크 룩이 크게 유행했다. 아역 스타에서 패션아이콘으로 거듭난 올슨 자매는 '엘리자베스&제임스'와 'The Row' 같은 시크한 패션브랜드를 런칭해 패션 사업가로도 활발하게 활동하고 있다.

최근 새롭게 등장한 최고의 패션아이콘은 누가 뭐래도 미국 TV 시리즈 〈가십 걸〉의 세레나 역할을 맡은 블레이크 라이블리다. 온갖 명품 브랜드로 치장한 깜찍한 스쿨걸 룩을 선보이던 그녀의 드라마 속

스타일이 방영 초부터 엄청난 인기를 끌었고, 화면 속 패션 뺨치게 화려하고 세련된 그녀의 리얼 스타일이 주목받기 시작하면서 세계적인 패션아이콘으로 거듭난 것. 덕분에 그녀는 미국 《보그》와 《W》 등 최고의 패션매거진 커버를 매달 장식하고 있으며, 샤넬과 루이비통 같은 하이패션 브랜드들은 쇼 장 맨 앞줄에 그녀를 앉히기 위해 신경전을 벌인다.

❖

며칠 후면 나는 09/10년 F/W 컬렉션을 취재하기 위해 또다시 파리로 떠나야 한다. 이번엔 또 어떤 디자이너가 얼마나 새로운 아이디어로 관객들을 깜짝 놀라게 할지, 어떤 디자인과 아이템이 새로운 시즌을 지배하는 메인 트렌드로 등극할지, 어떤 셀러브리티가 누구의 쇼에 참석하게 될지 모든 것이 궁금하고 기대된다. 물론 그 모든 새로움의 유통기한은 고작 6개월일 뿐이지만 한 시즌의 트렌드와 매년 새롭게 뜨고 지는 패션아이콘들은 고스란히 쌓여 거대한 패션 히스토리로 남게 된다는 사실엔 변함이 없다.

지난 8년간의 삶이 나도 모르는 사이 소복이 쌓여 내게 벌써 84권의 책을 안겨준 것처럼, 내가 목격한 패션의 현장과 내가 기록한 글들이 먼 훗날 빛나는 패션 유산의 일부로 남아줄 것이라 생각하면 피로와 스트레스로 지친 심신이 조금씩 녹아내리는 것 같다.

당신을 패션판타지의 세계로 초대합니다

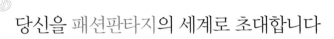

패션에디터의 역할 중 가장 중요한 임무는 새롭게 유행할 트렌드를 예측하고 이것을 독자들이 받아들이기 쉽게 글로 풀어 전달하며, 실제 생활에서 그것을 활용할 수 있는 스타일링 노하우를 알려주는 것이다. 그러기 위해서는 매 시즌 컬렉션에 참관해 디자이너들이 제안하는 최신 스타일을 눈 여겨 본 후 수많은 스타일과 디자인 중 어떤 것이 공통적으로 선보여졌는지, 어떤 실루엣이 대세인지를 재빠르게 뽑아낼 수 있는 심미안이 필요하다. 그리고 셀러브리티나 패션모델 같은 패션아이콘들의 옷차림에서 발견되는 유행의 조짐을 역시 에디터의 직감으로 잡아내야 한다. 항상 그런 관점에서 안테나를 세우고 모든 것을 관찰하다 보면, '곧 어떤 스타일이 크게 유행할 것이다' 라는 일종의 예지력 같은 것이 생기게 된다.

한 가지 에피소드로 2005년 여름을 강타한 스키니 진이 생각난다.

내가 스키니 진에 대해 촉각을 곤두세운 것은 매일 가십지를 장식하던 케이트 모스의 파파라치 사진 한 컷 때문이었다. 엉덩이부터 발목까지 1인치의 여유도 없이 딱 달라붙는 바지를 입은 케이트 모스의 모습. 당시 세련된 여자들은 모두 부츠 컷만 입던 터라 그토록 달라붙는 진을 입은 그녀의 모습은 내게 신선한 충격이었다. 그 사진을 본 내게는 곧, 대세는 스키니 진(사실 이때만 해도 이런 바지를 뭐라고 불러야 할지 마땅한 표현조차 없었다)이라는 어떤 예감 같은 것이 들었고 곧바로 내가 담당한 크고 작은 패션 기사에서 이 새로운 팬츠 룩을 다루기 시작했다. 케이트 모스가 즐겨 입는 새로운 팬츠, 1인치의 오차도 없는 스키니한 라인, 츠비와 어니스트 소운, 수퍼 파인 등 이런 새로운 진 팬츠를 선보이는 브랜드들에 대한 소개….

이 낯설고 새로운 패션은 독자들에게 금방 반응을 얻진 못했다. 스키니 진에 완전히 빠져버린 나조차 하루 종일 발품을 팔아도 서울 시내 어디에서도 이 팬츠를 발견할 수 없었을 정도니 독자들의 냉담한 반응은 어쩌면 당연한 것이었다. 하지만 그렇게 한 달이 지나자 이 타이트하고 좁은 진 팬츠는 '스키니 진'이라는 신조어를 낳으며 가장 핫한 패션아이템으로 떠올랐다. 당시 우리 잡지사는 동대문 두산타워에 위치해 있었는데, 쇼핑몰로 내려가 보면 어느 매장에나 스키니 진이 걸려 있었고, 심지어 내가 썼던 기사와 사진들을 오려 함께 디스플레이 해놓은 모습을 자주 목격할 수 있었다.

2006년 즈음에는 출장과 여행으로 파리에 자주 머물게 되면서 독자들에게 그들의 시크한 감성과 스타일을 알려주고 싶다는 생각이 들었다. 그래서 'French Chic'라는 제목으로 내가 목격한 파리지엔들의 무심한 듯 세련된 블랙 스타일링, 날렵한 하이힐, 유행에 휩쓸리지 않고 언제나 엣지 있는 클래식한 아름다움 등을 기사화했다. 파리지엔의 패션에 관한 막연한 동경이 아니라 그들이 어떤 스타일의 옷을 입는지, 어떤 브랜드의 가방을 즐겨 드는지, 어떤 애티튜드가 그러한 룩을 만들어내는지에 관한 그 기사는 독자들에게 좋은 반응을 이끌어 냈고 그 뒤로 프렌치 시크라는 표현은 꽤 자주, 곳곳에 등장했다.

어린 독자들조차도 할리우드 영스타 대신 파리 《보그》 에디터나 샤를로트 갱스부르, 클레멘스 포시 같은 프렌치 걸들을 자신의 패션아이콘으로 삼기 시작했고, 현란하고 컬러풀한 스타일 대신 파리지엔의 그것 같은 무심하고도 시크한 스타일을 즐겨 입기 시작했다.

이럴 때면 내가 누군가에게 새로운 트렌드와 스타일을 제시했다는 것에 대한 뿌듯함과 보람이 느껴진다. 특히 패션이라는 한정된 주제 안에서 똑같은 유행을 소재로 글을 쓰고 촬영을 해야 하는 경쟁적인 잡지 업계에선 다른 매체보다 더 빨리, 더 새로운 것을 표현해내는 것이 아주 중요한 과제이기 때문이다. 물론 이렇게 새로운 것에 대해 관심을 갖고 그것을 트렌드화 시키는 데에는 에디터의 지극히 개인

적인 취향이 반영되기 때문에 때로는 아주 부담스럽고 위험한 일로
느껴질 때도 있다. 내 눈에는 아주 아름답게 보이고 당장 시도해도
좋을 만한 새로운 룩처럼 보여 이것이 트렌드라고 당당히 소개하지
만 현실적으로 독자들에게 별다른 반응이 없거나 실제로 유행하지
않는 경우도 많기 때문이다.

분명히 크게 유행할 것이라 믿어 의심치 않았던 아주 통이 넓은 벨
보텀bell-bottom 팬츠 같은 것이 바로 그런 예다. 4년 이상 지속되어
온 스키니 팬츠가 개인적으로 조금 지겨워졌던 데다 뭔가 새로운 실
루엣의 팬츠가 유행하지 않을까 하는 기대를 안고 있던 시점에 마침
케이트 모스와 파리 《보그》의 패션에디터들이 줄줄이 넓다란 벨보텀
팬츠를 입은 모습을 목격한 나는 스키니 진을 처음 대했을 때와 마찬
가지의 어떤 예감이 떠올랐다. 그리고 곧바로 '스키니는 가고 벨보텀
이 온다'는 식의 선동적인 메시지가 담긴 패션기사를 작고 크게 계속
내보냈다. 어서 빨리 이 새로운 팬츠 라인의 시대에 합류하고 싶은
마음에 파리에서 벨보텀 팬츠를 찾아내 줄기차게 입고 다녔으며 곧
서울의 패션 스트리트에서 이 팬츠를 입은 세련된 여자들을 발견하
게 될 거라고 확신했다.

그러나 결과는 벨보텀 팬츠와 나의 K.O패. 활동하기 편하고 날씬
해 보이는 스키니 진에 이미 익숙해진 여자들이 반드시 하이힐과 매
치해야 하고 자칫 하체 비만처럼 보일 수 있는 이 치렁치렁한 팬츠에

완전히 냉담한 반응을 보인 것이다. 벨보텀 팬츠는 런웨이에서도 슬금슬금 자취를 감추었다. 오히려 스키니 진이 다양한 스타일과 컬러로 진화하며 그 어느 때보다 강한 위력을 발휘하고 있다.

✤

패션에디터가 트렌드를 다루는 또 다른 방식은 바로 화보촬영이다. 아무리 글을 잘 쓰는 에디터라도 비주얼에 대한 심미안이 없다면 멋진 화보를 만들 수 없고, 근사한 비주얼을 만들어 내지 못하면 결국 에디터로서의 능력을 인정받을 수 없다. 그만큼 패션화보란 그 잡지가 지닌 아이덴티티와 표현하고자 하는 스타일의 방향이 고스란히 드러나는, 잡지의 꽃과 같은 중요한 요소다.

내가 처음으로 패션화보를 촬영한 것은 에디터로 입문한 지 2년만의 일이었는데, 그때 내가 맡게 된 화보촬영은 그야말로 어마어마한 것이었다. 언제나 새롭고 파격적인 것을 원하던 편집장의 기획 하에 유명 영화감독이 시나리오를 쓰고, 유명 배우들을 섭외해 그 스토리에 맞춰 영화 같은 화보를 찍어내는 것이었다.

김지운, 허진호, 김동원, 용이 등 최고의 주가를 올리는 감독을 섭외해 다짜고짜 시나리오를 얻어내는 것도 힘든 일이었지만, 잘나가는 배우들을 매달 한 명도 아닌 두세 명씩(시나리오 상 필요한 등장인물의 수는 내 사정을 봐줄 리 없었으므로) 섭외하는 일은 하늘에서 별을 따는 것만큼이나 어려운 일이었다.

기적적으로 시나리오가 완성되고 배우들이 섭외되었다 해도 진짜 힘든 일은 그때부터 시작이었다. 단편영화 같은 스토리상 한 장소에서 모든 일이 벌어지는 시나리오는 단 한 편도 없었던 터라 화보는 영화촬영을 방불케 하는 다양한 로케이션으로 진행됐고, 게다가 배우들의 감정을 이끌어 내 기승전결의 스토리를 사진으로 담아내는 일을 모두 한나절 안에 완성해야 했던 것이다.

그 화보를 진행했던 당시 2년 남짓의 기간 동안에는 매달 화보를 완성하기 위한 일련의 과정들, 감독을 섭외해 시나리오를 받고 배우들을 섭외해 이리저리 끌고 다니며 하루 동안 거의 단편영화 한 편을 촬영하는 강도의 일 때문에 신경쇠약증에 걸리기 직전이었다. 촬영 경험이 전무한 어린 기자가 감당하기엔 너무 벅차고 숨 가쁜 작업이었기 때문이다. 하지만 지금 돌이켜 생각해보면 처음부터 그런 고되고 까다로운 작업으로 훈련한 덕분에, 어떤 촬영에서든 좀 더 능숙하게 대처하는 여유와 어려운 상황을 융통성 있게 컨트롤하는 능력이 생긴 것 같다.

❖

패션에디터에게 기사를 쓰는 것과 화보를 촬영하는 것 중 어떤 것이 더 즐거운 작업인지는 모델에게 패션쇼를 하는 것과 촬영하는 것 중 어느 쪽이 즐거운지 묻는 것과 마찬가지 개념일 것이다. 패션기사를 쓰는 것은 내 글로 다른 누군가의 스타일을 변화시키고 행동하게 만든다는 점에서, 패션화보를 촬영하는 것은 완벽한 스타일링과 배경이 만들어내는 이미지를 통해 누군가에게 판타지를 안겨준다는 점에서 똑같이 즐겁다.

　다만 확실한 것은 8년이 지난 지금도 매달 새로운 글을 써내려 갈 때마다, 새로운 화보를 촬영할 때마다 처음 그 순간만큼이나 떨리고 긴장된다는 사실이다. 아마 패션에디터로 살아가는 한 그런 긴장감과 부담이 사라지는 순간은 결코 오지 않을 것이다.

구두는 유행보다 개성이다

Shoeaholic's Diary 8

패션이나 스타일에 관련된 모든 것이 그렇지만, 특히 구두는 유행에 휩쓸리기보다는 자신의 분위기에 맞게 개성을 살릴 수 있는 디자인을 고르는 것이 중요하다. 매니시한 레이스업 슈즈가 유행이라고 해서 어딜 봐도 남성스러운 구석이 전혀 없는 천상 여자 같은 스타일을 가진 사람이 그런 슈즈를 신는다면 정말 어색하기 짝이 없을 것이다. 반대로 매니시한 스타일이 어울리는 여자가 귀여운 메리제인 슈즈나 리본이 달린 플랫슈즈를 신으면 뭔가 언밸런스해 보인다.

자신에게 어울리는 패션스타일이 무엇인지 확고한 생각을 가진 여자들은 구두를 고를 때 자기가 추구하는 스타일이 아니거나 이미지와 어울리지 않으면 아무리 예쁘고 최고의 유행이라고 해도 절대 구입하지 않는다. 섹시하면서도 반항적인 룩을 즐기는 케이트 모스가 리본 달린 귀여운 펌프스를 신은 모습을 본 적이 있는가? 매니시한 룩을 즐기던 캐서린 헵번이 지극히 여성스러운 하이힐을 신었다면 과연 그 아이콘적인 룩이 완성될 수 있었을까? 그래서 어떤 사람을 만났을 때, 신발을 살펴보면 그 사람의 취향이나 좋아하는 패션스타일, 이미지 등을 쉽게 파악할 수 있게 되는 것이다.

❖

개인의 개성과 취향이 고스란히 드러나는 구두를 통해 한 도시의 스타일과 분위기도 파악할 수 있다. 출장이나 여행으로 여러 도시를 방문할 때마다 나는 그 도시 사람들의 개성 넘치는 구두에서 그들의 스타일과 취향, 애티튜드 같은 것들을 발견하게 된다. 똑같은 트렌드가 전세계에 공통적으로 유행한다 할지라도 구두에서만큼은 각 도시 여자들의 개성이 아주 확연히 드러난다는 것을 알면 깜짝 놀랄 것이다.

먼저, 프랑스 파리는 킬힐과 조형적이고 아티스틱한 구두의 천국이다. 크리스찬 루부탱과 피에르 하디, 로저 비비에 같은 천재적인 구두 디자이너들을 낳은 도시답게 여자들은 하나같이 아찔하게 높은 하이힐과 구조적인 디자인의 플랫폼 슈즈를 즐겨 신는다. 특히, 길고 가느다란 실루엣을 스타일의 핵심으로 여기는 파리지엔들은 걷기 불편한 것쯤은 아무 상관없다는 듯한 태도로 하이힐을 즐긴다. 앞굽이 5cm가 넘는 이브 생 로랑의 플랫폼 부티에서부터 실버 메탈힐로 마무리된 미래적인 발렌시아가 펌프스까지 언뜻 보기엔 거의 무기에 가까운 킬힐들을 아무렇지도 않게 신고 다닌다.

파리지엔들의 이런 아찔하고 조형적인 구두들이 과하지 않게 보이는 것은 튀는 디자인이나 지나친 장식의 구두는 선택하지 않기 때문이다. 블랙, 그레이, 베이지 같은 모노톤의 컬러를 위주로 장식을 최대한 배제한 디자인이나, 화려한 디테일 대신 굽 모양이나 구두의 전체적인 실루엣 자체가 아찔한 느낌을 주는 것. 그것이 바로 파리지엔들이 구두를 고르는 철칙이자 고집스런 스타일이다.

그런가 하면 또 다른 패션시티 런던의 여자들은 좀 더 실험적이고 파격적인 디자인의 구두를 즐겨 신는다. 최근 각광받고 있는 영국의 구두 디자이너 니콜라스 커크우드의 신발들이 바로 런던 여자들의 취향을 고스란히 드러내는 예다. 레드, 블루, 핫 핑크 같은 비비드 vivid한 컬러의 가죽을 대담하게 사용하고 끈이나 보석, 레이스, 금속 버클 같이 눈에 띄는 디테일들을 과감하게 사용한 하이힐들은 런던 여자들의 펑키하고 독특한 패션 취향을 잘 나타내준다. 런더너들이 블랙 의상만을 고집하는 파리지엔들과 달리 다양한 프린트와 비비드한 컬러, 펑키한 디자인의 패션을 즐기는 것처럼 구두에도 그런 개성이 잘 드러나는 것이다.

60년대 펑크족을 연상시키는 스터드 장식의 스파이크힐, 톡톡 튀는 컬러의 가죽 샌들, 가운데 구멍이 뻥 뚫려 있거나 거꾸로 달린 것처럼 보이거나 살짝 휘어진 듯한 유니크한 굽이 달린 펌프스 등 조금

Paris

Newyork

London

튀는 듯한 디자인이 바로 런더너들이 사랑하는 구두 스타일이다. 그리고 이런 구두들은 펑키한 프린트, 과감한 컬러, 유니크한 디자인의 의상들과 어우러져 런던 특유의 독특한 스트리트 룩을 완성해낸다.

그렇다면 세련되고 모던한 패션스타일을 지닌 뉴요커들이 구두를 고를 때 가장 중요하게 생각하는 것은 무엇일까? 정답은 바로 실용성이다. 뉴요커 하면 떠오르는 이미지, 즉 커피를 손에 든 채 맨해튼의 복잡한 거리를 빠른 걸음으로 헤쳐나가는 모습을 상상해보자. 언제나 바쁘고 쾌활하고 에너제틱한 모습으로 열 블록쯤 걷는 것은 아무렇지도 않게 생각하는 그들의 발엔 파리지엔들의 조형적이고 아찔한 킬힐이나 런더너들의 아티스틱한 구두 대신 좀 더 캐주얼하고 심플한 구두가 신겨져 있다.

2년 전, 나는 미국 《틴보그》 에디터들의 패션을 취재하기 위해 뉴욕에서 그녀들을 만나 촬영한 적이 있었다. 기사의 컨셉트에 맞춰 평상시 즐겨 입는 옷과 구두를 가지고 온 그들은 하나같이 편안한 굽의 부츠와 플랫슈즈, 납작한 스트랩 샌들 등 캐주얼하고 실용적인 구두들을 꺼내 놓았다. 까탈스럽고 예민하기로 소문난 멋쟁이 뉴요커들이지만 미국인 특유의 실용적인 애티튜드를 고스란히 드러내는 그들의 구두 컬렉션을 보고 나는 적잖이 놀랐다. 그날, 촬영이 끝난 후 높은 하이힐을 신고 맨해튼의 거리를 걷다 이렇게 불편한 신발을 신고 돌아다니는 사람은 나밖에 없다는 걸 눈치채고 부끄러워져 곧바로 플랫슈즈를 구입했던 기억도 난다.

뉴요커들이 슈즈를 선택할 때 계절이나 날씨에 크게 구애 받지 않는 모습도 인상 깊었다. 한여름에도 하늘하늘한 원피스에 버클이 장식된 투박한 부츠를 매치하고, 추운 겨울에도 두꺼운 양말에 여름 스트랩 샌들을 매치하는 자유로운 스타일링. 군더더기 없이 미니멀하면서도 세련된 옷차림에 납작한 레이스업 슈즈를 신거나 두툼한 우드힐 같은 안정감 있는 하이힐을 신는 뉴요커들의 구두 스타일은 정말이지 실용적이고 세련돼 보인다.

그럼, 서서히 패션의 첨단도시로 발돋움 하고 있는 대한민국 서울은 어떨까? 사실 전세계에서 서울의 여자들만큼 유행에 민감한 이들도 없다. 얼마 전, 한국을 찾은 디자이너 질 스튜어트도 내게 서울 여자들의 세련되고 트렌디한 옷차림에 깜짝 놀랐다고 고백한 바 있다. 평범한 여자들조차도 스키니 진, 플랫폼 슈즈, 가죽 블루종 등 트렌디한 아이템을 하나쯤은 걸치고 있을 만큼 유행에 민감한 모습이 매우 인상 깊다고. 하지만 누구나 비슷한 옷차림을 하고 있어 개성이 드러나지 않는 것이 아쉽다는 얘기를 덧붙였다.

패션스타일과 마찬가지로 구두 역시 비슷한 경향을 띤다. 어떤 하나의 브랜드가 뜨기 시작하면 너 나 할 것 없이 그 브랜드에 목숨을 걸고, 인기 연예인이 새로운 디자인의 구두를 신으면 길거리에 똑같은 구두를 신은 여자들이 넘쳐난다. 유행의 속도가 너무 빨라서일까.

스타일과 취향, 생활 방식까지 드러나는 다른 도시에 비해 서울 여자들의 패션이나 구두의 풍경엔 이렇다 할 시그니처 스타일이 없다는 사실이 조금 아쉽게 느껴진다.

아무리 비싼 것을 걸쳤어도 옷차림과 발끝에서 자신의 개성이 묻어나지 않는다면 진정 아름다운 것과는 거리가 멀다고 여겨진다. 만약 나만의 스타일을 대변해 줄 만한 구두가 무엇인지 머릿속에 딱 떠오르지 않는다면 지금부터라도 나의 '잇 슈즈'를 찾기 위해 노력해 보자. 물 빠진 낡은 청바지도 멋스럽게 보이게 해 줄, 공들인 메이크 업 없이도 당당하게 외출하게 만들어 줄 바로 그런 구두. 가격이나 브랜드와 관계없이 언제든 내 신발장 안에 그것을 찾는 순간, 어느새 더욱 개성 넘치고 매력적인 자신을 발견할 수 있을 것이다.

나의 파트너, 나의 잇 슈즈

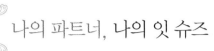

T.P.O(time, place, occasion)에 따라 전혀 다른 옷차림이 요구되듯이 구두 역시 마찬가지다. 특히 격식과 매너를 중요시하는 미국이나 유럽의 경우 호텔이나 레스토랑, 바의 입구에서 슬리퍼나 운동화 같은 캐주얼한 신발을 신은 사람의 출입을 제한하기도 한다. 옷차림만큼이나 그 사람이 신은 구두에서 전체적인 분위기와 수준이 판가름난다는 뜻이다.

상황에 전혀 어울리지 않는 구두는 촌스러운 옷보다 훨씬 더 심각한 최악의 스타일을 낳는다. 학교나 직장에서 엠티를 갈 때 꼭 하이힐을 신고 나타나 웃음거리가 되는 사람들이 있는가 하면, 장례식장이나 결혼식 등 예의를 갖추어야 할 곳에 스니커즈나 샌들을 신어 눈살을 찌푸리게 하는 경우도 있다.

오피스와 촬영장은 물론 각종 행사와 모임으로 다양한 T.P.O가

요구되는 나 역시 상황에 맞는 구두를 선택하기 위해 늘 고심한다. 보통 사무실에 출근하는 평일에는 스키니 진과 티셔츠, 재킷을 즐겨 입는데, 이때는 앵클부츠를 신는 경우가 많다. 하이힐이면서도 적당히 캐주얼하고, 무엇보다 팬츠에 가장 잘 어울리기 때문이다. 하루 종일 의상을 픽업해야 하는 촬영 전날에는 무조건 가장 편안한 신발을 고른다. 내가 가장 즐겨 신는 신발은 레페토의 화이트 에나멜 레이스업 슈즈로 2년 전 파리에서 구입한 이후 여기저기가 찢어질 만큼 줄곧 신고 다녔다. 발의 편안함을 생각한다면 물론 운동화가 최고겠지만, 웬만해선 스포티한 옷차림을 즐기지 않는 내게 레페토의 플랫슈즈만 한 아이템은 없다. 매니시한 디자인과 에나멜 소재가 트렌디해 보이는데다 흰색이라 모든 컬러의 의상에 무난하게 어울리고, 팬츠와 스커트에 두루 잘 매치되기 때문이다. 나와 같은 이유로 패션 에디터들 사이에서는 이 레페토 플랫슈즈가 하나의 머스트 해브 아이템으로 자리 잡았다.

한편, 종일 서 있어야 하는 화보촬영 날에는 오히려 하이힐을 신는 편이다. 많은 체력이 요구되는 날이지만 그만큼 비주얼에 대한 집중력을 요하는 날인 만큼 스스로를 긴장시키기 위해 하이힐의 힘을 빌린다고 할까. 특히 까다로운 배우를 촬영하거나 처음 호흡을 맞추는 스태프들과 일할 때에는 더욱 그렇다. 하이힐을 신었을 때의 긴장감이 종아리와 엉덩이, 척추를 타고 올라와 내 머릿속의 신경을 좀 더

팽팽하게 만들어주고, 곧게 세운 자세에서 비롯되는 자신감은 스태프들을 향해 여러 가지 사항을 분명하게 전달할 수 있도록 해준다.

애인과의 데이트를 위해서는 그날의 분위기나 계획, 장소에 맞춰 구두를 고른다. 분위기 좋은 레스토랑에서 로맨틱한 저녁 식사를 즐기는 날에는 주로 우아하고 클래식한 블랙 펌프스를 꺼내 신게 된다. 특히 페이턴트 소재의 반짝이는 블랙 펌프스는 남자들로 하여금 어떤 로망을 불러일으키기 때문에 특별히 돋보이고 싶은 날을 위한 최고의 구두다.

반면, 교외로 드라이브를 가거나 갤러리에 가기로 한 한가로운 휴일 오후라면 깔끔한 스니커즈나 작은 리본이 달린 사랑스러운 플랫 슈즈를 신는 것이 훨씬 발랄하고 산뜻해 보인다. 이런 가벼운 데이트를 위해 내가 즐겨 신는 슈즈는 런던 솔의 레오파드 발레리나 플랫이나 나이키의 와플 시리즈 스니커즈다. 첫 번째 것은 스키니 진이나 레깅스, 여성스러운 봄 원피스 등 휴일 오후에 어울릴 만한 가벼운 의상 모두에 무난하게 어울리면서 레오파드 프린트 덕분에 너무 심심하지 않은 차림이 연출된다. 나이키의 와플 스니커즈는 스포티하면서도 날렵한 디자인이어서 진 팬츠는 물론 캐주얼한 미니스커트에도 경쾌하게 잘 어울린다. 이런 날에 하이힐을 신는 것은 캐주얼한 옷차림이나 그날의 분위기와 어울리지 않는데다 쾌활하게 걷기에 불편할 뿐더러 그로 인해 애인에게 뜻하지 않은 스트레스를 안겨줄 수 있다. 게다가 세련된 취향을 가진 남자들은 한가한 휴일 오후에 완벽히 드레스업 하거나 하이힐을 신고 나온 여자를 무척 촌스럽다고 생각하니 이점은 주의해야 한다.

여기서 여자들이 남자의 구두 취향에 관해 가지고 있는 한 가지 중요한 오해를 짚고 넘어가자. 그것은 남자들이 오직 하이힐에만 집착한다는 편견이다. 특히, 시작한 지 얼마 되지 않은 관계에서 애인에게 잘 보이고 싶은 욕심이 과할 때 이런 오해로 인해 실수를 많이 저지르게 된다. 이것에 관해 한 남자에게 들은 재미있는 에피소드가 있다. 사귄 지 일주일쯤 된 사랑스런 그녀의 모습을 잠깐이나마 보고 싶어 어느 날 새벽 갑작스레 집 앞에 찾아갔는데, 급하게 나온 그녀의 발에 섹시한 부츠가 신겨져 있는 것을 보고 호감이 급격히 사라졌다는 것이다. 이유는, 그가 보고 싶었던 것은 잠자리에 들기 전 편안하고 자연스러운 모습의 그녀였기 때문. 대부분의 남자들은 하이힐을 신은 모습만큼이나 운동화를 신은 캐주얼한 모습도 좋아한다. 아마도 그것은 자신의 여자가 요부에서 현모양처까지 변신하기 원하는 남자들의 욕심을 반영하는 것일지도 모르겠다.

❖

요즘 구두는 정말 다양한 디자인과 컬러, 소재로 진화하고 있고 새로운 브랜드에서 수많은 신상품들이 쏟아져 나오고 있다. 그중에서 최고의 디자인을 꼽는다는 것은 너무 어려운 일이지만 분명한 것은 상황과 분위기, 장소와 상대에 맞춰 고른 신발이 언제나 최고의 구두라는 사실이다.

외출하기 전 당신이 향하는 장소와 만나기로 한 상대, 오늘의 계획을 한번 떠올려보자. 영화나 드라마 속 한 장면 혹은 사진 한 컷으로 그 이미지를 떠올린 다음 거기에 자신의 모습을 그려 넣고 어울리는 신발을 신겨보자. 그러고 나서 신발장을 열면 그날 신어야 할 바로 그 구두가 마법처럼 반짝반짝해 보이는 것을 경험하게 될 것이다. 그날의 계획이 무엇이든 간에, 당신의 하루는 반쯤 성공한 것이나 다름없다.

위시리스트를 작성해 볼까?

Shoeaholic's Diary 10

패션에디터로 일하다 보면 예쁜 구두들을 누구보다 먼저 다양하게 실컷 볼 수 있다. 한 번의 화보촬영을 위해 픽업하는 구두만 30켤레가 넘고, 그 외 각종 제품 촬영과 신제품 런칭 행사, 패션쇼까지 합하면 한 달에 1백 켤레가 족히 넘는 구두들을 보게 된다. 그렇게 수많은 디자인과 브랜드의 구두를 보다 보면 이번 시즌엔 어떤 것이 유행하고 어떤 스타일의 구두를 구입해야 한동안 질리지 않고 세련돼 보일 수 있는지 판가름할 수 있는 안목이 생기게 된다. 물론 그것은 성공적인 쇼핑을 위한 열쇠가 된다. 디자인이나 컬러에 현혹되지 않고 내가 실제로 잘 활용할 수 있으면서도 시크해 보일 만한 구두를 고를 수 있도록 해주니까.

쇼핑 목록에 어떤 구두가 업데이트 되는 순간부터 나는 브랜드나 멀티숍의 세일 시작을 노린다. 루부탱이나 쥬세페 자노티, 피에르 하디 등 예쁜 구두들을 구비하고 있는 멀티숍들은 대개 단골손님에게 세일 시작 하루 이틀 전에 미리 할인 가격을 적용해 판매를 하기 때문이다. 그래서 나는 세일 시즌이 다가오면 미리 매장에 들러 원하는 구두를 찜해놓고, 세일 시작 하루 이틀 전에 다시 들러 구입한다. 이것이 나의 쇼핑 노하우다. 게다가 나는 발 치수가 아주 작은 편이라 세일 시즌에도 내게 맞는 사이즈의 구두들이 많이 남아 있어 누구보다 유리하게 쇼핑을 즐길 수 있다.

패션에디터로 일하는 특권이자 즐거움 중 하나는 프레스 세일이나 브랜드 패밀리 세일 등 아주 큰 할인율로 쇼핑을 즐길 기회가 많다는 것이다. 특히 한 시즌이 끝나고 새로운 시즌이 시작되기 전 2~3일에 걸쳐 큰 폭으로 세일을 하는 경우가 많은데, 세일 첫날 발 빠르게 움직이면 60~80% 할인된 가격으로 평소 사고 싶었던 구두를 건지게 되는 행운을 누릴 수도 있다.

화보촬영이나 컬렉션 취재를 위해 떠나는 해외 출장 역시 유명 브랜드의 근사한 구두를 저렴하게 구입할 수 있는 절호의 기회다. 밀라노와 파리 컬렉션 기간 중 몇몇 브랜드들(구찌, YSL, 프라다, 미우미우 등)은 전세계 매거진의 프레스들에게 20~30% 할인율을 적용해 주는데, 한국보다 저렴한 현지 가격에 프레스 세일까지 추가하면 국내에서 구입하는 것보다 훨씬 저렴하게 시즌 신상품을 쇼핑할 수 있다.

미국과 유럽의 대형 백화점들은 보통 추수 감사절이나 연말에 대대적인 빅 세일을 실시하는데, 운 좋게 이때 맞춰 해외 출장을 가게 되면 더 없이 좋은 쇼핑 찬스를 얻게 된다. 지난 겨울, 화보촬영을 위해 크리스마스 시즌에 뉴욕에 갔을 때 난 이런 행운의 찬스를 얻었다. 가장 따끈따끈한 잇 브랜드와 디자이너의 의상이 모여 있는 뉴욕의 가장 힙한 백화점 바니스Barney's에서 모든 브랜드의 구두를 80% 할인된 가격으로 판매하고 있었던 것.

이브 생 로랑, 드리스 반 노튼, 크리스찬 루부탱, 마놀로 블라닉 등 이름만 들어도 설레는 브랜드의 구두들이 길고 높은 철제 선반에 끝도 없이 한꺼번에 진열돼 있는 것을 보고 처음엔 거의 숨이 멎을 뻔했다. 평소 신고 싶었던 구두들을 이것저것 마음껏 신다 정신을 차려보니 두 시간이 훌쩍 지나있어 깜짝 놀랐던 기억도 난다. 아무튼, 엄청나게 저렴한 가격으로 마크 제이콥스의 부츠와 미우미우의 부티, 루부탱의 하이힐을 구입한 그날은 내 인생 최고의 쇼핑데이였다.

언젠가부터 나의 위시리스트에 올라오는 구두의 종류가 조금씩 변하기 시작했다. 서른이 되면서 구두에 대한 취향이 조금씩 달라지고 그에 따라 좋아하는 디자이너와 브랜드도 함께 바뀐 것이다. 예전엔 구찌나 디올의 날렵한 하이힐, 미우미우의 귀여운 플랫폼 슈즈에 마음을 뺏겼다면 지금은 이브 생 로랑이나 아제딘 알라이아, 니콜라스

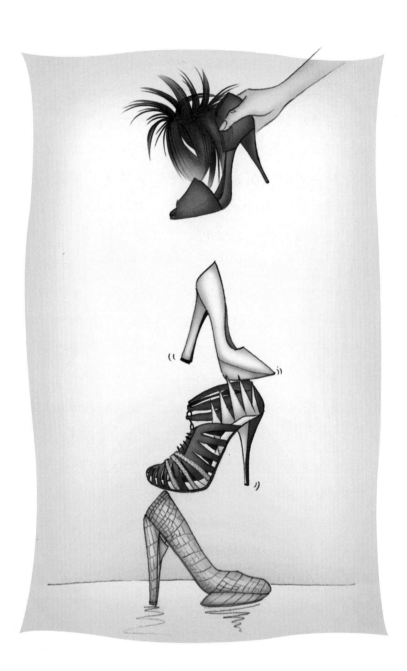

커크우드 같은 조형적인 디자인의 구두에 더 눈길이 간다. 그중에서도 가장 애착이 가는 것은 구조적인 건축물 같은 구두를 만들어내는 디자이너 피에르 하디의 구두들이다. 프랑스 구두 디자이너인 피에르 하디의 구두들은 하나같이 갤러리에 전시해도 좋을 정도로 독특한 디자인과 디테일을 자랑한다. 두 겹의 굽, 송곳처럼 뾰족한 플랫폼힐, 아름다운 깃털 장식, 수십 개의 패턴을 손으로 일일이 직조해 만든 스트랩 샌들….

지난 가을, 2009년 S/S 컬렉션 취재를 위해 파리에 갔을 때, 루브르 팔레 로얄 근처의 피에르 하디 스토어에서 난 족히 한 시간 이상을 보냈다. 새로운 F/W 컬렉션이 빼곡히 디스플레이 된 스토어는 마치 퐁피두센터 3층의 모던 아트 컬렉션을 감상하는 것 같은 경외심을 불러일으켰다. 아찔한 플랫폼 슈즈, 수십 겹의 스트랩 샌들, 무릎 위로 20cm는 올라오는 울트라 *싸이하이 부츠ultra thigh-high boots 등을 차례로 신어보는 기분은 *프란시스 베이컨의 '자화상Self-Portrait'을 감상하고 *이브 클랭의 '블루 시리즈'에 감탄하는 것 이상의 쾌감을 안겨줬으니!

* **싸이하이 부츠** 허벅지 훨씬 위로 올라오는 매우 긴 부츠
* **프란시스 베이컨** 아일랜드 화가. 무시무시한 잔혹성, 엽기적 비주얼을 특징으로 하면서도 그 안에 심오한 철학을 담고 있다. 오늘날 가장 비싸게 팔리는 화가에 속하며, 20세기 세계에서 가장 훌륭한 화가 10명에 선정됐다.
* **이브 클랭** 독창적인 파란색 물감을 즐겨 사용한 프랑스의 화가.

그의 구두들은 그동안 내가 알고 있던 구두의 미적 개념과 한계를 완전히 무너뜨리는 동시에 웬만한 아이템은 1백만 원을 훌쩍 넘는 가격 면에서 다시 한 번 놀라움을 안겨줬다. 하지만 파리에 있는 동안 더욱 놀라웠던 건 모든 브랜드들이 고가의 구두를 당당하게 내놓고 있다는 것이었다. 이브 생 로랑의 부츠들은 평균 1백만 원대, 내가 갖고 싶었던 크리스찬 루부탱의 프린지 장식 부츠는 2백만 원에 가까웠으며, 아제딘 알라이아의 조형적인 웨지힐은 펌프스임에도 불구하고 1백만 원이 훨씬 넘었다. 여자들의 탐욕의 대상이었던 가방이 '잇 백'이라는 이름을 달고 수백, 수천만 원의 가격표를 달기 시작했던 것처럼 구두 역시 예술적인 디테일과 수공예적 기법에 '잇 슈즈'라는 프리미엄이 붙으면서 가격이 천정부지로 치솟은 것이다. 구두 가격의 고공 행진은 여자들의 소비 욕구를 더욱 부추기는 작용을 하는 게 분명하다. 나만 해도 그런 놀라운 가격표를 보는 순간 체념이나 포기 대신 갖고 싶다는 열망이 더해질 뿐이니까. 잇 백을 갖기 위해 적금을 들고, 점심을 굶는 여자들이 있었던 시절처럼 이제 잇 슈즈를 신기 위해 스타벅스 커피를 포기하는 여자들이 생겨나는 건 아닐까?

❖

09/10년 F/W 컬렉션 취재를 위해 파리로 떠날 예정인 지금 이 순간에도 내 마음속엔 몇 가지 구두 쇼핑 목록이 들어 있다. 피에르 하

디의 플랫폼 스트랩 샌들, 어떤 룩에나 근사하게 어울릴 쥬세페 자노티의 섹시하고 우아한 블랙 펌프스, 크리스찬 루부탱의 핑크 파이톤 앵클부츠.

　빡빡한 스케줄 사이사이 나는 그 위시리스트에 업데이트된 구두들을 신어보기 위해 기꺼이 짬을 낼 것이고, 그 순간만큼은 힘든 일정과 지친 심신을 잊은 채 섹시하고 아찔한 판타지에 빠져들 것이다. 구두가 속삭이는 달콤한 유혹과 마법 같은 색채에 현혹된 채!

서른, 구두의 진정한 매력을 누리다

Shoeaholic's Diary 11

여자에게 서른이 된다는 것은 스무살이 되는 것처럼 신나고 설레는 사건만은 아닐 것이다. 서른을 발음할 때 느껴지는 그 특유의 묵직함, 거기에 결혼과 결부된 다양한 사회적 부담감이 무겁게 짓누르는 사이 서른살이 되었다는 충만한 감정을 느낄 틈도 없이 어느새 덜컥 30대에 접어들고 만다.

하지만 나의 경우, 서른은 이제 정말로 '멋'을 낼 수 있는 나이로 다가왔다. 내가 사랑하는 수많은 여성들은 30대에 들어서 비로소 아름다운 매력과 진정한 스타일을 보여주고 있으니 아쉬운 마음보단 설레는 기대로 30대를 시작했다고 해야 할까.

20대가 여자로서 가장 생동감 넘치고 빛나는 아름다움을 지닌 시기라면, 30대는 20대에 확고해진 자신만의 패션스타일, 경험과 지혜에서 우러나오는 내면의 빛, 한 템포 늦출 줄 아는 우아한 애티튜드가 어우러져 진정한 매력을 발산하는 시기인 것 같다.

나는 터질 듯한 매력과 거칠 것 없는 패션스타일을 지닌 채 밤새 클러빙clubbing 하는 린제이 로한 같은 20대 스타보다는 낡은 청바지에 부드러운 코튼 티셔츠를 입고 머리를 대충 그러모은, 주말이면 가족과 함께 공원을 산책하는 샤를로트 갱스부르의 30대가 더 아름답고 탐난다.

벌써 서른아홉의 나이인 샤를로트 갱스부르는 트렌드에 민감하거나 눈길을 확 사로잡는 화려한 스타일을 지닌 것은 아니지만, 자꾸 꺼내보고 싶은 오래된 사진첩처럼 은근히 사람의 마음을 끄는 매력을 지녔다. 엄마 제인 버킨에게서 물려받은 스타일리시한 유전자는 낡은 청바지나 심플한 셔츠 안에서도 그녀를 빛나게 하지만 그녀의 스타일을 완성하는 것은 무엇보다 자신의 삶에 대한 자신감과 여유다.

절친한 친구인 디자이너 니콜라스 게스키에르의 발렌시아가 쇼에 참석할 때도 방금 집에서 걸어 나온 듯 편안한 차림으로 프런트 로front row에 조용히 앉아 있을 뿐이지만 쇼의 의상을 보며 눈을 빛내는 모습은 그 어떤 화려한 셀러브리티보다 사려 깊고 아름답다. 무대에 올라 속삭이는 듯한 목소리로 멜랑콜리한 노래를 부를 때 입는 발렌시아가의 뉴 시즌 재킷은 마치 오래전부터 그녀의 옷장에 있었던 것처럼 자연스럽게 그녀와 하나가 된다.

아이러니하게도 벌써 서른아홉의 나이에 접어든 그녀의 스타일에 열광하는 이들은 세련된 20대 아가씨들. 패션블로그나 커뮤니티를 종횡무진하는 어린 소녀들은 하나같이 샤를로트 갱스부르의 내추럴하고 여유로운 패션스타일이나 애티튜드를 닮고 싶어 안달한다. 그들이 정말 닮고 싶은 것은 변화무쌍한 20대의 손에는 좀처럼 잡히지 않는 그 여유와 자연스러움이 아닐까.

대학을 채 마치기도 전에 패션잡지에 뛰어들어 누구보다 치열하고 다채롭고 흥미진진한 20대를 보낸 나 역시 30대에 들어선 지금은 뭐든 조금 여유롭고 편안한 것이 좋다. 지도를 들고 새로운 곳을 분주하게 찾아다니는 여행보다는 자연이 아름다운 곳에서 새로운 풍경에 감탄하거나 조용히 책을 읽고 음악을 듣는 여행이 좋다. 한 계절 입고 나서 다시는 꺼내보지 않게 되는 트렌디한 의상을 줄기차게 쇼핑하는 것보다는 내 몸을 편안하게 해주면서도 아름답게 보일 수 있는 좋은 퀄리티의 옷을 하나둘 장만해가는 것이 좋다. 흥미진진한 연애보다는, 밤이 새도록 재잘재잘 수다를 떨 수 있는 친구처럼 어떤 허물이라도 덮어줄 수 있을 만큼 마음이 놓이는 편안하고 즐거운 연애가 좋다.

삶의 기준이 조금씩 바뀌어 가면서 일에 대한 열정 역시 조금 다른 방식으로 진화했다. 20대 시절엔 까다로운 프로젝트를 앞두고 가슴이 두근거려 잠을 이루지 못하거나, 내 능력에 대한 불확실성 때문에 스스로를 혹은 주변 사람들을 초조하고 불안하게 만들었다. 하지만 지금은 모든 것을 꼼꼼히 계획하는 방법으로 빈 구석이 많은 내 자신을 채워가고 있다. 메모하는 습관을 기르고, 스케줄 표를 작성하고, 불확실한 것은 다시 한 번 체크하고, 내 능력 밖의 일에 관해서는 다른 사람들의 도움을 얻는다. 덕분에 지금은 예전보다 업무량이 늘거나 더 까다로운 프로젝트를 진행하다 어려움에 부딪혀도 20대의 나처럼 당황하거나 조바심을 내진 않는다. 여유롭고 편안하며 원만한 상태를 유지하기 위해 지금껏 많은 노력을 해왔기에 가능한 일이다.

나 자신이 완벽히 평화롭거나 완전히 충만한 상태가 되기까지는 갈 길이 아직 멀지만, 한 발 한 발 그런 삶의 궤도로 진입하고 있다는 느낌을 30대가 들어서야 비로소 갖게 되었다. 그리고 내가 원하는 삶에 다가가기 위해서는 어떤 선택이든 좀 더 까다로워지지 않을 수 없다는 것도 알게 됐다. 그것이 여행이든 음식이든 사랑이든 신발이든 간에. 옹졸하고 신중하지 못한 선택은 고스란히 내 몫으로 남게 된다. 20대 때와 달리 이제 나 외에 누구도 그것을 대신 책임져줄 사람이 없기 때문이다.

❖

구두 하나를 고르는 일에도 변화가 생겼다는 사실은 참 재미있다. 기본적으로 내가 좋아하는 패션스타일이 쉽게 바뀌지 않는 것처럼 구두에 관한 취향 역시 20대 때와 별다를 바 없긴 하지만 변한 것이 있다면 구두에 대한 미적 기준이 훨씬 까다로워졌다는 것이다.

나는 어렸을 때부터 귀엽고 사랑스럽고 소녀적인 스타일보다는 심플하고 세련되고 어덜트한 스타일에 매료돼왔다. 대한민국 소녀들이라면 한번쯤 신어봤을 법한 어그부츠를 단 한번도 신어본 적 없는 내겐 20대 때 구두를 고르던 어덜트한 취향이 여전히 지속되고 있지만 하이힐의 높이나 앞코의 모양만으로 매력을 느끼던 1차원적 기호가 좀 더 세분화되고 예쁜 구두에 대한 기호도 좀 더 까다로워졌다. 구두 자체의 미적인 매력보다는 내가 즐겨 입는 옷들과의 매치를 좀 더 고려하게 되고, 나의 실루엣을 좀 더 멋져 보이게 해주는 굽과 앞코의 모양을, 컬러나 장식이 화려한 것보다는 디자인 자체가 구조적인 것을 찾게 된다.

화려한 장식 때문이 아니라 그 구두가 지닌 디자인 자체의 아름다움이 언제 꺼내 신어도 내게 자신감과 행복을 전해줄 수 있는 구두. 변변치 않은 옷차림으로 집을 나서는 날에도 나 스스로에게 당당하고 산뜻한 기분을 가져다줄 수 있는 구두. 물론 그런 구두를 찾는 것은 단순히 예쁜 구두를 찾는 것보다 훨씬 어렵고 힘든 일이다. 진열장의 수많은 구두 중에서도 '아, 저거다!' 라는 생각이 드는 구두는 아주 가끔씩만 나타나니까. 그렇지만 많은 경험과 시행착오 끝에 이제 어떤 것이 내가 정말 원하는 것이고 내게 진정 어울리는 것인지를 분별할 수 있는 눈을 갖게 됐고, 그것은 인생의 순간순간 많은 선택을 할 때와 마찬가지로 떨리고 긴장되는 일이다.

지금 구두를 신고 걷는 기분은 20대 초반에 하이힐을 신고 떨리는 감정을 경험했던 것보다 훨씬 우월하다. 길을 걸을 때 조금 더 섹시하게 걷게 되고, 카페나 패션쇼 장에서 습관적으로 다리를 꼬고 앉을 때에도 발끝에서부터 전해져 오는 행복감을 느낀다.

　오늘도 나는 블랙 코튼 티셔츠와 레깅스에 굽 높이가 15cm를 넘는 블랙 플랫폼 부티를 신고 출근했다. 이 묵직한 굽의 무게감과 파워풀한 디자인이 주는 느낌은 서른이기에 내 힘으로 가질 수 있고, 또 어울리는 것이다. 나에게 서른은, 비로소 신발이 선사하는 모든 즐거움과 호사를 즐길 수 있도록 허락한 나이다.

열정과 도전의 이름,
구두 디자이너들에게 감사를!

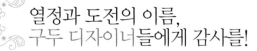

여자들의 패션에서 구두의 존재감이 이토록 커진 것은 불과 몇
년 사이의 일이다. 매 시즌 새로운 트렌드로 변신하는 옷이나, 잇 백
이라는 이름으로 여자들의 욕망의 대상이 되어온 가방과 비교했을
때 구두는 룩을 완성시켜주는 마침표 역할을 했을 뿐이다. 하지만
1998년 드라마 〈섹스 앤 더 시티〉의 주인공 캐리 브래드쇼를 통해 드
디어 수면으로 떠오른 구두는 재능 있는 구두 디자이너들의 활약에
힘입어 가방 못지않게 중요한 패션아이템으로 신분상승했다.

21세기에 접어들자 발렌시아가나 마크 제이콥스 같은 유명 패션브
랜드들은 자신의 옷을 더욱 돋보이게 하기 위해 마놀로 블라닉이나
피에르 하디 같은 실력 있는 구두 디자이너들에게 런웨이용 구두를
의뢰했고, 칩 앤 시크를 표방하는 메가브랜드조차 유명한 구두 디자
이너와 콜래보레이션collaboration으로 신발 라인을 선보였다. 한마디

로 구두가 이제 사각지대를 벗어나 가장 뜨겁고 날 선 패션의 핵에 다가섰다는 얘기.

　패션계에는 '잇 백' 대신 '잇 슈즈'가 대세라는 얘기가 나올 만큼 구두의 파워가 막강해지면서 단 몇 년 사이 구두 디자인이 엄청난 진화를 겪었다. 예전엔 단순히 뾰족한 스틸레토힐이 9cm냐 12cm냐를 놓고 섹시함을 논하거나, 기껏해야 웨지힐이나 플랫폼 정도가 변형된 굽의 전부였다면 이제는 하이힐에도 웬만한 조소 작품 뺨치는 아티스틱한 디테일과 장식이 가미되고 굽 모양 역시 동그란 굽, 거꾸로 달린 굽, 반달 모양의 웨지 굽, 앞굽만 7cm는 되는 슈퍼 플랫폼 등 그야말로 상상할 수 있는 모든 굽이 출현했다. 길이의 종류도 물론 다양해졌다. 예전엔 펌프스, 샌들, 부츠, 앵클부츠로 나뉘던 구두의 종류가 이제는 부티, 싸이하이 부츠, *레이어링 슈즈 등으로 끝없이 나뉘고 있다. 그중에서도 가장 눈에 띄는 변화는 디테일의 강조다. 지퍼, 끈을 묶는 레이스업, 메탈릭한 스터드, 화려한 쥬얼리, 모피, 프린지 장식까지 그동안 의상에나 사용되던 다채로운 디테일들은 구두의 진화가 어디까지인지 눈으로 확인시켜 주는 대목이다.

　구두 디자인의 눈부신 변화와 발전은 당연 구두 디자이너들의 멈추지 않는 열정과 창의력의 산물. 여자들을 슈어홀릭의 세계로 유인하는 유명한 구두 디자이너들 중 가장 나의 흥미를 자극하는 사람은 프랑스 출신의 피에르 하디다. 1988년 크리스찬 디올의 구두 디자이너로 커리어를 시작한 그는 패션 디자인이 아닌 파인아트fine-art를 전공한 이력을 십분 발휘하여 그동안 볼 수 없었던 조형적이고 아티스틱한 구두를 선보이기 시작했고, 1999년 에르메스의 구두 디자인 디렉터로 발탁돼 럭셔리와 진보적인 성향을 결합시켰다.

결정적으로 그의 조형미 넘치는 구두 디자인이 빛을 발한 것은 발렌시아가의 크리에이티브 디렉터인 니콜라스 게스키에르와 손잡으면서부터다. 21세기 패션을 이끌어가는 천재라고 불리는 게스키에르와의 만남은 아이코닉하고 유니크한 구두를 선보이는 그의 재능에 날개를 달아준 계기가 됐다.

"구두는 그냥 신발이 아니라 좀 더 웨어러블한 아트이다"라고 말하는 피에르 하디가 1997년부터 지금까지 발렌시아가의 구두 컨설턴트로서 선보이는 구두들은 그야말로 '풋웨어가 아닌 웨어러블 아트'에 가깝다. 2007년 집필한 자서전 『Success is a Job in Paris』에서 패션디자이너나 셀러브리티들의 이름보다 보티첼리, *에토레 소사스 같은 아티스트들의 이름이 더 자주 등장하는 것만 봐도 구두에 대한 그의 심미안과 예술적인 관점을 엿볼 수 있다.

●○●○●○

* **레이어링 슈즈** 펌프스와 종아리 부분이 분리돼 두 가지 버전으로 신을 수 있는 디자인
* **에토레 소사스** 70년대 이탈리아의 가장 유명한 건축가이자 제품 디자이너. 기능주의와 조형주의에 반대한 안티 디자인 그룹인 멤피스를 결성한 선구자이다.

21세기의 '잇 슈즈'를 만들어내는 디자이너는 구두 틀과 좋은 소재에 대한 지식뿐 아니라 예술적인 감각과 조형적인 관점을 지녀야 한다는 것, 패션과 아트는 상하의 개념이 아니라 서로 상호작용하며 새롭고 혁신적인 무언가를 창조해 낸다는 사실, 그것이 피에르 하디가 우리에게 전하는 메시지다.

얼마 전 그는 또 다른 새롭고 재기 넘치는 도전에 성공했는데, 바로 메가브랜드 갭Gap과 함께 콜래보레이션으로 슈즈 라인을 선보인 것. 에르메스와 발렌시아가 같은 하이엔드 브랜드의 컨설턴트 디자이너가 대중과의 호흡을 시도했다는 발상도 참신하지만, 갭이라는 메가브랜드가 액세서리 디자이너와 함께 손을 잡은 것 역시 역사상 처음 있는 일이었다. 결과는? 유럽 스토어에서 선보인 네 가지 플랫슈즈와 웨지힐은 오픈 첫날부터 동이 났고, 갭과 피에르 하디는 지금 세 번째 새로운 컬렉션을 선보일 예정이다.

호기심과 새로운 것에 대한 열망이 더 나은 것을 발견하게 하는 원동력이라는 사실은 또 다른 구두 디자이너 크리스찬 루부탱에게서도 배울 수 있다. 당신은 빨간색 하면 무엇이 가장 먼저 떠오르는가? 나에겐 크리스찬 루부탱 구두의 고혹적인 빨간 밑창이 떠오른다. 10대 시절부터 구두에 대한 남다른 관심과 애정을 갖고 구두 스케치에 전념했던 그는 프랑스의 가장 유명한 구두 브랜드 '로저 비비에'의 수석 디자이너 자리까지 오르지만, 1989년 돌연 모든 커리어를 포기한

채 환경 디자이너가 되기 위해 패션계를 떠났다. 힐heel이 아닌 힐hill
을 디자인하러 떠난 것이다!

1992년 다시 제자리로 돌아온 그는 좀 더 넓어진 시야와 사물과 자
연에 대한 호기심으로 자신의 시그니처 브랜드인 크리스찬 루부탱을
런칭했고, 그야말로 폭발적인 반응과 인기를 얻어냈다. 그렇지만 처
음부터 빨간색 밑창이 루부탱의 시그니처가 된 것은 아니었다. 런칭
후 판매와 쇼 비즈니스에서 모두 성공을 거두었음에도 뭔가 2% 부
족하다고 느꼈던 루부탱은 어느 날, 자신의 회사의 여직원이 손톱에
칠한 빨간색 매니큐어를 보고 "That's it!"이라고 소리쳤고, 그 순간
부터 자신의 모든 구두에 네일 에나멜을 연상시키는 반짝이고 매끈
하고 강렬한 레드 밑창을 대기 시작했다. 이 레드 밑창은 금세 패션
업계에 강한 인상을 심어주며 루부탱의 트레이드 마크로 자리 잡았
고, 패셔니스타들의 머스트 해브 아이템으로 떠올랐다.

거기서 끝이 아니었다. 루부탱의 열정과 호기심은 구두의 앞부분
에 3cm 정도의 굽이 있는 시그니처 플랫폼힐을 만들어냈고, 덕분에
여자들은 10cm가 넘는 하이힐을 신은 채로도 발이 편안하게 느껴지
는 놀라운 경험을 하게 됐다. 장담하건대, 지금 이 순간 전세계에서
가장 패셔너블한 여자들의 신발장을 열어 보면 아마도 반짝이는 빨
간 밑창의 구두들이 빼곡히 있을 것이다. 그것은 해외 컬렉션 기간의
쇼 장 맨 앞줄에서도 확인되는 사실이다. 얼마 전 파리 그랑 팔레에

서 열린 샤넬의 2009년 S/S 컬렉션에서도 프론트 로에 앉은 클라우디아 쉬퍼, 안나 무글라리스, 알렉사 청 같은 셀러브리티들의 꼰 다리 끝엔 어김없이 빨간 밑창이 반짝거리고 있는 걸 목격했다.

"보석처럼 반짝이고 가치 있는 구두를 만드는 게 나의 신념이다"라고 말하는 크리스찬 루부탱의 철학처럼 전세계의 슈어홀릭들은 그의 빨간 밑창이 달린 구두를 보석처럼 아끼고 자랑스럽게 여긴다.

피에르 하디와 크리스찬 루부탱이 예술적 심미안과 조형미, 호기심으로 잇 슈즈를 탄생시킨 디자이너라면, 여자들에게 처음으로 구두라는 오브제를 통해 판타지를 경험하게 한 인물은 마놀로 블라닉이다.

"보다 완벽하고 우아하게 여자들의 발을 꾸며주지 못하는 여성의 구두는 발을 괴롭히는 쓰레기에 불과하다"고 말할 만큼 아름다운 구두에 대한 열정이 누구보다 뜨거운 그는 1971년 미국 《보그》 편집장인 다이애나 브릴랜드의 권유로 구두 디자인을 시작했다. 1972년 친한 친구인 디자이너 오시 클락의 패션쇼를 통해 처음으로 자신의 구두를 선보인 그는 이듬해 런던에 첫 부티크를 오픈했고, 당시 가장 파워풀한 패셔니스타였던 비앙카 재거의 열렬한 지지 아래 큰 성공을 거두기 시작했다. 대량 생산이 대세였던 당시, 마놀로 블라닉의 구두는 장인의 섬세한 수작업을 거친 희소성 있는 핸드 메이드 제품이었으며, 비앙카 재거를 비롯한 셀러브리티와 영국 왕실의 오더 메이드를 받는 최초의 럭셔리 구두브랜드로 성장한다.

마돈나가 80년대 후반 어느 인터뷰에서 "섹스보다 마놀로의 힐이 더 좋다"고 말한 것은 당시 얼음송곳처럼 뾰족했던 마놀로 블라닉의 힐의 인기가 어느 정도였는지 가늠할 수 있게 한다. 이후 지금까지 수십 년간 '슈즈의 황제, 하이힐의 신'이라고 불리는 마놀로 블라닉에게서 우리가 주목하고 존경해야 할 만한 점은 변치 않는 그의 열정이다. 그가 구두를 보물처럼 소중히 다루고 일일이 손으로 작업하며 아트 작품에서 영감 받은 이미지들을 가미하는 방식은 지금도 여전하기 때문이다.

그는 자신의 첫 부티크를 오픈할 때와 마찬가지로 지금도 구두 한 켤레를 만들기 위해 수많은 스케치를 직접 그린다. 현재 마놀로 블라닉 광고 캠페인으로도 잘 알려져 있는 바로 그 스케치를 하루에도 수십 장씩 그려내는 것. 디자인이 결정되면 이탈리아로 날아가 작업 공정을 지켜보는 것 역시 변함없는 그의 몫이다. 그렇게 화려한 명성과 부를 얻은 그이지만 여동생인 에반젤린이 런던의 회사를 지키고 있을 때만 잠시 영국의 시골 마을 배스에 있는 집으로 내려가 재충전을 하는 것이 휴가의 전부라고.

1971년과 마찬가지로 지금도 그는 여전히 웨지힐을 싫어하고, 하이힐이 여자들의 섹스어필을 위한 최고의 파워를 지녔다고 생각한다. 1987년 CFDA 올해의 액세서리 디자이너 상을 수상한 이래 지금까지 수많은 상과 영예로운 자리를 얻어냈지만, 그는 안주하지 않고 계속 새로운 작업에 도전한다.

2003년에는 그동안 그려온 스케치들을 모아 런던 디자인 뮤지엄에서 전시회를 열고 자신의 첫 번째 책을 펴냈으며, 2006년에는 오랜 친구인 포토그래퍼 에릭 보먼과 함께 그동안 자신의 구두를 신은 셀러브리티들의 모습을 담은 사진집 『Blahnik by Boman』을 출간했다(이 책엔 1970년부터 친구였던 팔로마 피카소의 모습을 시작으로 다이애나 비와 마돈나 같은 셀러브리티들의 사진이 담겨 있다).

같은 해, 그는 영화감독이자 패션 셀러브리티인 소피아 코폴라로부터 재미있는 제안을 받게 되는데 바로 영화 〈마리 앙투와네트〉의 구두 디자이너로 참여해 달라는 것이었다. 최초의 패셔니스타이자 수백 켤레의 구두를 소장한 슈어홀릭이었던 그녀의 신발장을 재현하는 데 마놀로 블라닉만큼 적격인 디자이너가 또 있겠는가! 장식적이고 로맨틱한 슈즈를 사랑했던 마리 앙투와네트가 환생한다면 아마도 보석과 리본이 장식된 마놀로 블라닉의 구두를 수백 켤레 넘게 맞추고도 남았을 테니.

결국 영화 〈마리 앙투와네트〉를 통해 아카데미 시상식에서 최우수 의상상을 수상한 마놀로 블라닉은 아마 지금쯤 또 다른 도전을 준비하고 있을 것이다. 여전히 자신의 작은 작업실에서 스케치를 하고, 소재와 장식을 고르고, 바느질을 꼼꼼히 관찰하면서.

나는 오늘날 구두가 패션의 수면 위에 떠오르고 잇 백을 대신할 만한 파워를 가지게 된 것은 이 세 명의 디자이너의 열정과 호기심 덕분이라고 생각한다. 독특하고 희소성 있는 디자인의 구두를 소유하고 싶은 욕망을 부추기고, 높은 하이힐에 발을 밀어 넣어도 우아하게 걸을 수 있도록 도와주며, 멋진 구두 하나가 여자의 사회적 지위와 성공을 얼마나 은밀하게 드러내는지 알려준 장본인들. 뿌리치기 힘든 유혹이자 거부할 수 없는 마법을 건 그들 덕분에 아름다워지고 싶은 여자들은 매일 새롭게 슈어홀릭의 세계로 빠져들고 있다.

Part 2

Editor's Note

에디터의
취재노트

슈어홀릭들의 신발장 엿보기

슈어홀릭들에겐 공통점이 있다. 뛰어난 패션 스타일링 센스, 문화에 대한 지적인 취향과 호기심, 자신의 일에 대한 확신, 즐길 땐 확실히 즐길 줄 아는 열정이 바로 그것이다.

멋진 구두를 고를 줄 아는 안목만큼이나 인생의 모든 선택의 순간에서 올바르고 센스 있는 결정을 내리는 그녀들은 항상 누구보다 당당하고 활기차며 세련된 모습으로 자신의 삶을 꾸려나간다. 반짝이고 화려한 구두처럼 그녀들의 인생 또한 매 순간 기쁨과 자신감으로 가득 차 있다.

물론 그녀들 역시 가끔은 발에 맞지 않는 구두에 현혹될 때도 있을 것이다. 하지만 현명한 슈어홀릭들은 같은 실수를 두 번 반복하지는 않는다. 실수를 겪고 나서 오히려 자신의 발에 어울리고 자신을 근사해 보이게 만드는 진짜 좋은 구두가 어떤 것인지 확실히 깨닫게 된다.

내 주변에도 예쁜 구두를 사 모으고 구두가 지닌 힘과 마법 같은 판타지가 어떤 것인지 잘 알고 있는 슈어홀릭들이 있다. 그들은 자신에게 어울리며 자신이 원하는 구두가 어떤 것인지 잘 알고 있는 것처럼 인생에 관해서도 남다른 확신과 즐거움, 열정을 가지고 있다.

일을 즐기며, 열심히 사랑하고, 좋은 친구들과 시간을 보내고, 여자로서의 아름다움을 마음껏 누리는 그녀들. 구두에 관한 그녀들만의 특별한 스토리, 그녀들의 신발장 속으로 들어가 보자.

스타일리스트 이윤경 "단 하루를 신더라도 살 만한 가치가 있다!"

나의 구두 사랑은 고등학교 때 시작됐다. 당시 소다와 세라 등 국내 부티크 구두들이 처음으로 등장했는데, 교복에도 그런 멋내기용 구두를 매치하는 것이 센세이셔널한 유행이었다. 엄마는 내게 하이힐을 선물해 주셨고, 그때부터 나는 하이힐에 중독됐던 것 같다. 멋진 구두에는 여고생의 평범한 룩조차도 근사하게 만들어주는 힘이 있다는 것을 일찌감치 알아차린 것이다.

스타일리스트로 활동하면서 구두가 지닌 그런 마법 같은 힘을 정말 절실하게 느끼곤 한다. 광고 촬영을 위해 반드시 찍어야만 하는 아무리 허접한 옷도 근사한 구두로 포인트를 주면 마치 다른 옷처럼 빛이 나는 것을 수없이 목격했다. 그래서 촬영을 위해 그 어떤 액세서리보다 구두를 가장 많이 신경 써서 준비한다.

하지만 무엇보다 내가 하이힐에 애착을 갖는 이유는 그것이 나 자신에게 주는 만족감 때문이다. 하이힐을 신음으로써 시선이 높아지고 자세가 꼿꼿해지며 뭔가 나 자신을 마무리해주는 것 같은 그 느낌은 값비싼 쥬얼리를 걸친 것보다 훨씬 강력하다.

그래서 나는 구두를 구입할 때 편안함보다는 디자인을 중요시한다. 편안함과 디자인이 모두 만족스럽다면 더할 나위가 없겠지만 요즘 유행인 킬힐들은 발의 편안함과는 솔직히 거리가 먼 디자인이 대부분이기 때문에 둘 중 하나를 선택하라면 언제나 디자인을 먼저 택하는 것이다.

그래서 내 신발장에는 한 번 신고 더 이상 신지 못하는 불편하지만 아름다운 구두들이 가득하다. 하지만 나는 이것을 실패한 구두라고 생각하진 않는다. 갖고 싶었기에 구입한 것이고, 그것이 내 신발장 안에 있는 것만으로도 행복하니까. 어차피 1년 내내 같은 신발을 신을 것이 아니기 때문에 그 불편하고 아름다운 신발들은 1년에 단 하루만 신더라도 만족스러운 것이다. 값비싼 다이아몬드 목걸이를 1년 내내 하고 있을 순 없지 않은가!

내가 생각하는 가장 아름다운 디자인의 구두는 발렌시아가와 쥬세페 자노티에서 많이 발견할 수 있다. 피에르 하디가 디자인하는 발렌시아가의 구조적이고 건축적인 아찔한 하이힐들은 평범한 티셔츠와 진 팬츠도 가장 멋진 옷처럼 보이게 해준다. 물론 가격 또한 아찔하다.

그래서 국내에서 제 값을 주고 쇼핑하기보다는 해외 출장이나 여행 중에 빅 세일기간이나 아웃렛 쇼핑을 즐기는 편이다. 뉴욕의 바니스 백화점, 홍콩의 온페더 같은 곳은 슈어홀릭들에겐 천국과도 같은 쇼핑 플레이스.

이렇게 화려하고 건축적인 디자인의 하이힐을 즐겨 신는 나에겐 한 가지 스타일링 룰이 있는데, 그것은 반드시 심플한 옷으로 스타일링한다는 것이다. 편안한 면 티셔츠, 심플한 원피스, 캐주얼한 스키니 진 등 장식과 디자인이 배제된 베이식한 의상일수록 구두를 더욱 돋보이게 하고 전체적인 룩을 멋져 보이게 하기 때문이다.

모델 남보라 "원하는 구두로 내 신발장을 채우는 노하우를 터득하자"

구두와 사랑에 빠진 것은 모델 일을 시작하면서부터였다. 촬영장에 오늘 내가 신게 될 구두들이 가지런하게 놓여있는 것을 보면 마음이 콩닥콩닥 설레곤 했다. 특히 하이힐을 신으면 스스로 좀 더 매력적인 여자가 된 것 같은 느낌이 드는데, 그 중에서도 아제딘 알라이아나 피에르 하디 같이 스타일이 분명하게 드러나는 구두가 좋다. 그들이 만들어내는 건축적인 힐과 섹시한 실루엣은 단순히 구두라고 하기엔 아까울 만큼 예술적인 경지를 보여준다.

하지만 아무리 예쁜 구두라도 내게 어울리지 않거나 불편한 신발은 절대로 신어서는 안 된다. 얼마 전, 해외 유명 브랜드의 아름다운

킬힐을 보고 한눈에 반해 구입했지만, 그것을 신고는 10분 이상 걷기가 힘들었다. 신고 난 후에는 제대로 허리도 펴지 못할 지경이었다. 신발장에 고스란히 모셔둘 수밖에 없는 그 구두를 보면서 아름다운 디자인보다는 편안함이 먼저라는 사실을 알게 됐다.

또한 발의 결점을 커버해주는 디자인을 고르는 것도 중요하다. 오동통하고 울퉁불퉁한 발이 자신의 결점이라면 절대로 스트랩 샌들처럼 발을 많이 드러내는 구두는 신지 않아야 한다. 내 발을 편안하게 해주고 더욱 예뻐 보이게 만드는 구두가 가장 좋은 것이라는 사실을 나는 많은 구두를 신어볼수록 점점 깨닫게 된다.

개인적으로 멀티숍 10꼬르소 꼬모가 국내에서 가장 예쁜 구두를 많이 볼 수 있는 곳이라고 생각한다. 그곳에 가면 알라이아와 피에르 하디부터 꼼므 데 가르송과 랑방, 발맹 등 최고의 브랜드에서 선보이는 멋진 구두들 덕분에 눈이 너무 행복해진다. 하지만 요즘 구두 가격이 점점 천정부지로 치솟고 있는 상황이라 대부분 아이쇼핑으로 트렌드를 익힌 후, 즐겨 찾는 국내 디자이너 숍에 가서 내가 원하는 디자인을 의뢰해 신는 경우가 많다. 물론 절반도 안 되는 가격에! 그러니 비싼 가격 때문에 멋진 구두를 신지 못한다는 얘기는 핑계에 불과하다.

합리적인 가격대로 자신이 원하는 세련된 구두를 신을 수 있는 방법은 얼마든지 있다. 아웃렛과 세일 시즌 시작에 발 빠르게 움직이는 것도 한 방법. 현명한 쇼핑 노하우를 터득하는 것도 슈어홀릭이 갖춰야 할 자질이 아닐까. 그리고 그것은 신발장 속 보물들을 차곡차곡 쌓을 수 있는 행복의 열쇠가 된다.

그녀들의 쇼핑 노하우 & 페이버릿 숍

구두를 좋아하는 여자들은 대부분 자신만의 쇼핑 노하우를 가지고 있다. 신상품은 언제 입고되는지, 언제쯤 세일이 시작되는지, 어떤 숍이 자신에게 어울리는 구두를 많이 가지고 있는지, 아웃렛 스토어나 특별 할인 기간이 있는지 등등 그녀들의 머릿속에 수많은 정보들이 숙지되어 있다. 이 모든 정보를 바탕으로 자신이 원하는 디자인의 구두를 점찍어 놨다가 남보다 빨리 최대한 저렴하게 구입하는 것이 똑똑한 슈어홀릭들의 쇼핑 스타일. 게다가 수많은 구두를 신어본 덕분에 어떤 디자인의 구두가 자신을 더욱 돋보이게 하는지, 어떤 구두는 절대 어울리지 않는지를 정확히 알고 있어 쇼핑에 실패하는 확률도 적다.

구두를 정말 좋아하는 내 친구 중 한 명은 "예쁘고 자신의 발에 잘 맞는 구두를 갖기 위해서는 한두 군데쯤 즐겨 찾는 슈즈 숍을 반드시 갖고 있어야 한다"고 말한다. 브랜드마다 사이즈나 착용감에 조금씩 차이가 나기 때문에 일단 자신의 발을 편안하고 완벽하게 감싸주는 브랜드를 찾게 되면 쇼핑에 실패할 확률이 적고, 그곳을 자주 찾다 보면 숍의 스태프들 역시 내가 원하는 스타일의 구두가 무엇인지 분명히 알게 되기 때문이라고. 특히 수제화나 수입 셀렉트 숍의 경우 스타일별로 많은 수량을 보유하지 않기 때문에 자신에게 어울리는 새로운 디자인이 출시됐을 때 먼저 귀띔을 받아 남보다 한발 빠르게 쇼핑할 수도 있다고 한다. 그렇게 단골 고객이 되면 특별한 할인 혜택이나 적립금 제도 등을 통해 좀 더 알뜰한 쇼핑을 할 수 있는 것은 물론, 브랜드에서 실시하는 특별 세일이나 할인 기간에 가장 먼저 초대받는 혜택을 누릴 수 있다는 팁도 곁들였다.

이 밖에도 현명한 쇼핑을 위해 슈어홀릭들이 전하는 몇 가지 실용적인 충고에 귀 기울일 필요가 있다. 첫째, 구두는 절대로 충동구매해서는 안 된다는 것. 디자인이나 컬러에 혹해 구입할 경우 가지고 있는 의상이나 자신의 패션스타일에 맞지 않아 활용하기 힘든 것은 물론 발이 불편한 경우가 대부분이기 때문이다.

둘째, 구두를 쇼핑하러 가기 전에 이번 시즌 자신이 즐겨 입을 옷의 스타일(팬츠인지 스커트인지, 여성스러운 스타일인지 캐주얼인지)과 컬러를 먼저 꼼꼼히 따져봐야 한다는 것. 아무리 예쁜 구두라도 자신이 입을 옷과 어울리지 않는다면 무용지물이 되기 마련이다.

셋째, 원래 구입하기로 마음먹었던 디자인과 컬러의 범위 안에서 쇼핑할 것. 블랙 페이턴트 펌프스를 구입할 생각으로 쇼핑에 나섰다면, 그 범주 안에서 오픈 토나 슬링백 정도로 선택의 폭을 넓히는 것은 괜찮지만 전혀 다른 컬러나 스타일의 구두를 사지는 말라는 얘기다. 수많은 디자인과 컬러의 구두를 보다 보면 자신에게 무엇이 필요한지를 잠시 망각할 수도 있지만, 반드시 처음에 사기로 마음먹었던 구두를 고르는 것이 성공적인 쇼핑의 열쇠라고 입을 모은다.

슈어홀릭들이 전하는 성공적인 쇼핑 노하우와 쇼핑 팁을 숙지했다면, 이제 그녀들이 즐겨 찾는 페이버릿 슈즈 숍을 구경해 볼 차례. 근사한 디자인의 해외 슈즈 브랜드 셀렉트 숍, 파리지엔의 감성이 물씬 느껴지는 프렌치 슈즈 브랜드 숍, 그리고 트렌디한 디자인으로 무장한 국내 디자이너의 슈즈 숍 등 당신에게 마법을 걸어줄 슈즈 하우스로 안내한다.

신세계 슈 컬렉션 Shinsegae shoe collection

아늑한 거실의 푹신한 소파에서 마놀로 블라닉의 보석 장식 구두를 신어보는 꿈을 꾼 적이 있는가? 신세계 슈 컬렉션은 그 꿈이 현실로 이루어지는 공간이다. 이름만 들어도 설레는 해외 디자이너들의 구두가 대거 포진해 있는 신세계 백화점의 슈 컬렉션은 앤티크 소파

와 스툴 등 한 점 한 점 수집한 가구들로 꾸며져 마치 셀러브리티의 펜트하우스에서 쇼핑을 즐기는 것 같은 특별한 기분을 안겨준다.

하지만 엣지 있는 슈어홀릭들이 이곳에 목숨 거는 진짜 이유는 황홀한 분위기가 아닌 감각적인 디자인의 구두 컬렉션 때문이다. 니콜라스 커크우드, 크리스찬 루부탱, 마놀로 블라닉, 피에르 하디 등 전 세계 트렌드세터들이 열광하는 구두 디자이너의 신발이 그 어느 곳보다 빠르고 다양하게 수입되는 것은 물론 스타일리시한 슈어홀릭들의 입맛에 꼭 맞는 구조적이고 아티스틱한 디자인의 구두를 선보이고 있으니 말이다. 고객들의 재구매율이 50%에 이른다는 숍 매니저의 얘기는 이곳이 입맛 까다로운 슈어홀릭들에게 꽤나 만족스러운 쇼핑 플레이스임을 증명해준다. 물론 세계적인 디자이너의 구두들을 판매하는 만큼 평균 가격대는 50~100만 원 선으로 꽤 높은 편이라는 것은 염두에 둘 것.

특별한 날, 특별한 순간을 위해 기꺼이 지갑을 열 준비가 되어 있는 사람, 혹은 인생에서 처음으로 유명 디자이너의 구두를 신어보기로 마음먹은 사람이라면 이곳에서 그 환희를 경험해 보길 바란다.

수콤마보니 Suecommabonnie

국내에선 처음으로 구두 디자이너로서 자신의 브랜드를 런칭하며 한국에 구두 디자이너 숍의 붐을 일으킨 이보현. 그녀의 브랜드 '수

콤마보니'는 런칭한 지 7년이 지난 지금까지도 세련된 패션피플과 트렌드세터들에게 사랑받는 슈즈 숍으로 자리하고 있다. 청담동 골목 안쪽의 작은 로드 숍으로 시작해 지금은 여주 첼시 아웃렛을 비롯 전국적으로 수많은 숍을 오픈했지만, 수콤마보니를 사랑하는 사람들은 여전히 그 작은 1호점으로 발길을 향할 만큼 고객 로열티가 높은 편이다.

슈어홀릭들이 수콤마보니를 좋아하는 이유는 트렌디한 디자인과 합리적인 가격대 때문. 패션에 민감한 디자이너 이보현이 매 시즌 해외 출장과 여행, 정보 수집을 통해 디자인하는 구두들은 어떤 해외 디자이너 브랜드 못지않게 트렌디하고 세련됐다. 물론 가격은 해외 브랜드 구두의 1/3 정도. 거기에 자신이 원하는 굽 모양이나 하이힐의 높이, 컬러 등을 선택해 오더 메이드 할 수 있다는 점도 상당히 매력적이다.

촬영장에 온 세련된 모델들이 눈에 띄는 예쁜 구두를 신고 있어 브랜드를 물어보면 어김없이 수콤마보니라고 대답할 정도로 합리적이고 세련된 쇼핑을 즐기는 슈어홀릭들에겐 베스트 쇼핑 스팟이다.

만약 자신이 남들보다 좀 더 유행에 민감하고 트렌디한 스타일을 쉽게 소화하는 편인데 비해 구두만큼은 마음에 쏙 드는 것을 찾기 어려웠다거나, 그동안 신었던 평범한 스타일의 구두에서 탈피해 개성 있고 트렌디한 구두를 신고 싶다면 수콤마보니 매장을 방문해 보자.

예쁜 구두 한 켤레가 자신의 스타일과 이미지를 얼마나 바꿔놓는지 금세 알게 될 것이다.

레페토 Repetto

1959년 파리 오페라 하우스 근처에서 발레리나들의 토슈즈를 제작하는 작은 슈즈 숍으로 시작한 레페토는 1970년대 프랑스 최고의 뮤지션이었던 세르주 갱스부르와 제인 버킨에게 사랑 받으면서 유명 슈즈 브랜드로 발돋움했다. 갱스부르가 1년에 30켤레를 신을 정도로 사랑했던 구두는 레페토의 창시자인 로즈 레페토 여사가 딸을 위해 만들었던 '지지(딸의 이름을 딴)'라는 신발인데, 이것은 30년이 넘은 지금까지도 레페토를 대표하는 시그니처 구두로 자리 잡고 있다.

해외 유명 패션피플과 모델들이 가장 즐겨 신는 신발 중 하나인 '지지'는 그동안 국내에선 몇몇 멀티숍에서만 구할 수 있었지만, 최근 레페토 플래그십 스토어가 청담동에 오픈하면서 슈어홀릭들의 열렬한 반응을 얻고 있다. 구두에 열광하는 슈어홀릭들이 레페토를 사랑하는 이유는 더 없이 편안한 착용감과 실용적이면서도 세련된 디자인, 유행에 관계없는 클래식한 이미지 때문.

갱스부르 정도는 아니더라도 레페토의 지지 구두를 한 번 구입한 사람은 하나가 낡고 나면 반드시 새 것을 다시 구입할 만큼 이 구두의 매력에 빠져버린다. 나 역시 파리에서 구입한 화이트 에나멜 지지

슈즈를 낡고 헤질 정도로 신고 다녔으며, 동료 에디터나 친구들 역시 같은 것을 또다시 구입하곤 했다.

실용적인 스타일을 추구하고, 하이힐보다는 플랫슈즈를, 스커트보다는 팬츠를 즐겨 입는 활동적인 사람으로 편안하면서도 남다른 구두를 찾고 있다면 레페토 매장에 들러보길 바란다. 계절이나 날씨와 관계없이 언제나 쿨해 보이는 구두를 발견하고, 파리지엔처럼 시크한 발걸음을 내딛게 될 것이다.

좋은 구두의 조건

구두를 사랑하고 많은 구두를 신어 본 슈어홀릭들은 멋진 디자인만큼이나 편안한 착용감을 중요시한다. 아무리 예쁜 구두라도 발이 아프면 두 번 다시 신을 엄두가 나지 않아 결국 신발장 속 그림의 떡이 되고 만 경험들을 갖고 있기 때문이다. 나 역시 근사한 디자인에 혹해 불편한 구두를 구입했다가 발이 아파 하루 종일 고생한 적이 한두 번이 아니다. 발이 아픈 것은 둘째 치고, 두 번 다시 꺼내 신지 않게 된 그 구두들이 얼마나 아까웠는지. 비싼 구두가 모두 좋은 것만은 아니라는 사실을 뼈저리게 느낀 순간이었다.

여자들이 이와 같은 실수를 반복하는 이유는 날렵하게 잘빠진 구두 라인을 볼 때 참을 수 없는 구매욕이 불붙기 때문이다. 하지만 쇼핑의 경험이 쌓일수록 멋진 디자인을 갖춘 것은 물론 발에도 매우 편안한 구두를 귀신같이 찾아내는 노하우를 터득하게 될 것이다. 같은 높이의 하이힐이라도 발 모양에 맞게 잘 만들어져 안정감 있고 편안한 구두가 있는가 하면, 인체의 발 모양을 무시한 채 외관에만 멋을 낸 엉성한 구두가 있는데 바로 이 차이점을 알게 되는 것이다.

그런 면에서 사람이 직접 손으로 제작한 핸드 메이드 구두들은 최고로 편안한 착용감을 누릴 수 있다는 장점을 갖고 있다. 먼저 발에 편안한 구두가 되기 위해서는 발 모양을 최대한 고려해 입체적이고 과학적으로 만들어진 구두 라인을 갖춰야 한다. 그러기 위해서는 좋은 라스트에서 제작된 구두여야 하는데, 라스트란 구두의 본을 뜨는 틀을 뜻하는 용어로 유명한 브랜드일수록 훌륭한 라스트를 비밀 무기처럼 간직하고 있다.

대중에게 최초로 핸드 메이드 구두를 선보인 페라가모는 젊은 시절 발에 편한 구두를 만들기 위해 라스트 제작에 심혈을 기울였다. 인간의 발 모양에 대해 깊이 연구하기 위해 UCLA 대학에서 해부학을 전공했을 정도다. 그는 자신의 자서전 『꿈을 꾸는 구두장이』에서 자신이 세계적인 구두 디자이너가 된 이유는 우수한 디자인이나 창의력이 아닌 고객의 발을 편안하고 자유롭게 해주며, 망가진 발을 치유하는 신발을 만들었기 때문이라고 고백했다.

잘못된 신발로 인해 발 모양이 망가진 사람들이 그를 찾아왔고, 페라가모는 그들의 발을 해부학적 지식을 바탕으로 연구해 각각의 발 모양에 맞춘 라스트를 만들어냈다. 일일이 손으로 잘라낸 가죽을 덧대고 손수 바느질함으로써 고객들의 뒤틀리고 부어오른 발을 건강하게 재생시킨 것이다. 코린 그리피스, 무솔리니, 엘레나 왕비 등이 바로 그의 손을 거쳐 발을 치료한 사람들.

지금도 페라가모 공방에서는 여전히 그가 사용했던 라스트를 토대로 핸드 메이드 구두를 제작하고 있다. 이탈리아의 장인들이 삼삼오오 모여 앉아 연한 가죽을 겹쳐 구두의 본체를 만들고 생선뼈로 만든 부레풀을 쓱쓱 발라 찜통에 넣어 증기를 쐬며 적당히 잡아당기는 섬세한 과정을 매일 반복한다. 이렇게 한 켤레를 만드는 데 걸리는 시간은 1주일. 그러다 보니 같은 디자인이라도 똑같은 신발은 단 한 켤레도 없다는 것이 장인들의 설명이다.

발 모양을 최대로 고려한 입체적인 디자인만큼 좋은 소재 역시 발에 편한 구두를 위한 필수 요소이다. 언젠가 인터뷰를 위해 만난 구두 디자이너 최정인은 10cm가 넘는 스틸레토힐이라도 좋은 가죽을 사용하면 얼마든지 편안한 구두가 될 수 있다고 말했다. 겉감과 안감에는 움직일 때 자연스럽게 구부러지고 피부에 부드럽게 밀착되는 최상급 가죽을 사용하는 것은 물론, 심지어 구두 밑창 역시 아주 부드러운 가죽을 사용해야 한다는 것이 그녀의 설명이었다. 좋은 구두일수록 바닥을 고급 가죽으로 마무리하는데, 그래야만 구두가 땅에 닿았을 때 발바닥에 느껴지는 감촉이 부드럽고 편안하며 충격이 덜한 법이라고. 부드럽고 질 좋은 가죽을 사용할 경우 일일이 손으로 바느질해야 하기 때문에 한 켤레를 만드는 데 많은 시간이 소요되지만 기계로 스티치한 것보다 훨씬 정교하고 본래 라스트에 최대한 가까운 완벽한 디자인을 완성할 수 있다고 한다.

제작에 오랜 시간이 걸리고, 좋은 재료를 사용한 만큼 수제화는 대량생산되는 기성화보다 가격이 훨씬 비싸다. 게다가 디자이너의 창의적인 아이디어와 브랜드 고유의 아이덴티티까지 더해져 가격은 천정부지로 치솟기 마련이다.

그렇다고 비싼 구두가 모두 좋은 구두라는 얘기는 아니다. 정말 좋은 구두는 내 발을 편안하게 하면서도 예뻐 보이게 만들어주는 구두다. 값비싼 핸드 메이드 구두라도 내 발에 불편하다면 결코 좋은 구두가 될 수 없다. 하지만 저렴한 구두라도 내 발을 멋지고 편안하게 감싸준다면 그것은 진정 좋은 구두일 것이다.

✤

그렇다면 합리적인 가격대에서 발을 아름답고 편안하게 만들어주는 구두를 고를 수 있는 노하우는 무엇일까?

"장심(발바닥의 한가운데)에 꼭 맞는 신발을 구할 수 있다면 신발이 비싸고 싸고는 중요하지 않다. 5파운드짜리보다 30실링짜리 구두에서 장심에 꼭 맞는 느낌을 찾을 수 있다면 그것을 구입하라."

페라가모의 이 한마디에 정답이 있다. 바로 자신의 발 모양을 제대로 아는 것이 무엇보다 중요한 일! 지금 신발을 벗고 손을 발 아래로

놓아 손가락으로 발 바깥쪽을 감싸고 손바닥 아랫부분이 발바닥의 굴곡으로 생기는 공간, 즉 장심에 오도록 하자. 그런 다음 손을 향해 발을 꾹 밀어보자. 그러면 발밑에 단단한 힘이 느껴지는데, 구두를 신었을 때 이런 느낌이 느껴지면 그것이 바로 좋은 구두다.

잘못 만들어진 신발을 신었을 때는 이런 힘을 느낄 수가 없다. 왜냐하면 장심과 신발 밑창 사이에 붕 뜨는 공간이 생겨 구두가 장심을 제대로 지지하지 못하기 때문이다. 이런 구두를 신는다면 발바닥에 피로와 통증이 오는 것은 당연한 일. 그러니 구두를 사러 가서 마음에 드는 구두를 발견한다면 반드시 양쪽 모두 신고 땅을 디딘 후 바로 이 느낌, 손바닥이 장심을 감싼 것처럼 구두 밑창이 장심을 감싸 단단하게 지지하는 느낌이 있는지 없는지를 확인해야 한다. 이런 느낌이 없다면 아무리 예쁜 디자인이라도 포기해야 한다.

보다 꼼꼼하게 확인하고 싶다면 엄지발가락 뒤의 마디부터 장심의 가장 움푹 파인 부분까지 구두 겉을 손가락으로 쭉 눌러보자. 구두 소재가 발에 딱 달라붙지 않아 조그만 공간이나 주름이라도 발견된다면 그 구두는 절대로 내 발에 좋은 구두가 아니다. 이 경우 상점의 점원이 하는 얘기나 평소에 신던 구두 사이즈, 피팅 등은 완전히 무시해도 좋다.

그리고 피로와 스트레스가 쌓여 있거나 오랜 기간 잘못 만들어진 구두를 신은 탓에 발의 건강이 악화된 상태라면 평소보다 좀 더 큰 사이즈의 구두를 신어보자. 한 사이즈 큰 구두는 장심을 지지하고 발가락이 움직일 공간을 주어 몇 개월 후 발의 상태를 다시 건강하게 회복시켜 준다. 발이 건강해져 제 모양을 찾는다면 다시 본래 사이즈의 구두를 편안하게 신을 수 있게 될 것이다.

진정한 슈어홀릭이 되기 위해서는 진흙 속에서 진주를 찾아내듯 자신의 발을 안락하게 감싸주는 편안한 구두를 알아보는 반짝이는 안목과 노하우를 터득해야 한다. 그러기 위해 필요한 것은 장인의 손길이나 고급 가죽이 아닌 오직 자신의 발에 대한 사랑과 관심이다.

내 발이 나에게 어떤 신호를 보내고 있는지, 어떤 신발 안에서 편안해 하고 어떤 신발 안에서 아파하는지 귀 기울이다 보면 하루 종일 걸어 다녀도 입가에 미소 지을 수 있는 아름답고 편안한 구두를 찾게 될 것이다. 그것을 찾을 때까지 자신의 발에 귀 기울이는 것을 멈추지 말아야 한다.

구두 디자이너를 만나다

구두를 만드는 일은 스케치에서 바느질까지 모두 손으로 이루어진다는 점에서 하나의 예술 작품을 완성하는 것과 같다. 생활의 순간순간에서 얻은 영감을 바탕으로 한 여자의 발을 아름답게 감싸줄 구두, 그리고 그녀 인생의 환희에 찬 순간을 함께할 구두를 만들어내는 일은 구두를 사랑하는 사람이라면 누구나 호기심을 가질 만한 작업임이 분명하다.

내가 좋아하는 구두의 디자인은 어떻게 만들어진 것일까? 여자들에게 끊임없이 유혹의 손길을 보내는 그들의 에너지는 어디서 오는 것일까? 지금 디자이너의 작업노트에는 어떤 스케치가 담겨 있을까? 아름다운 구두를 보고 있으면 이런 궁금증들이 저절로 떠오른다.

모든 여자들의 욕망을 읽고 있기라도 하는 것처럼 상상했던 모든 디자인의 구두를 새롭게 선보이는 구두 디자이너들. 그들이 마치 발끝에서 꽃이 피어나듯 매혹적인 구두를 탄생시킬 수 있는 이유는 그들 역시 아마도 디자이너이기 이전에 구두를 너무나도 사랑하는 슈어홀릭이기 때문일 것이다.

✤

국내 유명 패션피플들의 '잇 슈즈'로 떠오른 브랜드 '지니킴'을 런칭한 구두 디자이너 김효진을 만났다. 뉴욕과 LA의 유명 편집매장에 자신의 구두를 디스플레이할 정도로 성공을 거둔 그녀가 들려주는 구두에 대한 남다른 애정은 슈어홀릭들을 흥미진진한 세계로 인도한다.

Q 당신 인생의 첫 구두는 언제, 어떤 것이었나요?

A 내 인생의 첫 구두는 유치원 때 신었던 구두였어요. 앞코가 동그랗고 메리제인 슈즈처럼 끈이 달린 구두. 어렸을 적 누구나 한번쯤 신어봤을 그 구두 말이에요. 여자들은 그때부터 구두에 대한 환상을 갖기 시작하는 게 아닐까요? 엄마 하이힐에 괜히 발을 집어넣어 보기도 하고, 그걸 신고 걷겠다고 억지를 부리다 넘어져 혼나기도 하고.

하지만 고등학교를 졸업하기 전엔 예쁜 구두를 신고 싶다는 나의 욕망이 충족된 적은 없었어요. 고등학교 교복에 신던 구두는 너무 투박하고 참 매력이 없었죠.

처음으로 좋은 구두를 신었던 것은 대학교 1학년 때였어요. 한참

유행이었던 페라가모의 바라 슈즈요. 잘 만들어진 좋은 구두의 매력
을 느끼게 됐죠.

Q 개인적으로 어떤 구두를 좋아하나요? 만약 이 세상에서 단 한 켤레의 구
　두만을 가질 수 있다면 어떤 컬러, 디자인의 구두를 고를 건가요?

A 하나의 구두를 선택하는 건 너무 어렵고 잔인한 일이네요. 그래
　도 꼭 하나만 꼽아야 한다면 보석처럼 바라보고만 있어도 행복한 푸
　치아 컬러의 이브닝 구두를 고를 것 같아요.

Q 당신을 구두 디자이너로 이끈 결정적 계기는 무엇인가요?

A 대학에서 패션디자인을 전공했지만 사실 디자이너가 되겠다는 생각은 한 번도 해본 적이 없었어요. 한국에서 패션 홍보 일을 하다가 바이어가 되고 싶다는 생각에 무작정 뉴욕으로 떠나 FIT의 Fashion Merchandising Management 학과를 졸업하고 MD 일을 시작했죠. 하지만 회사 일이 지루하기만 했고 미래의 목표도 뚜렷하지 않아 고민이 많았어요.

그때 같이 사는 룸메이트가 액세서리학과를 다니고 있었는데, 그 친구가 과제로 만들어 온 구두를 보고 나도 내가 원하는 소재와 디자인으로 구두를 만들어서 신으면 정말 좋겠다고 생각했어요. 그래서 다시 학교를 다니게 되었고 그제야 제 인생에서 가장 사랑하는 일을 찾게 되었죠. 다음 수업시간이 미치도록 기다려질 정도로 수업이 재미있었어요.

사실 구두를 사러 가도 내가 상상하는 구두나 내 옷에 어울리는 완벽한 구두가 없는 경우가 많잖아요. 예쁜 것을 발견한다 해도 너무 비싼 것이 대부분이고요. '예쁘고 고급스러우면서도 좋은 가격의 구두를 만들어 보자. 많은 사람들의 사랑을 받을지 확신은 없지만 나와 비슷한 취향을 가진 몇몇 사람들은 나의 고객이 되지 않을까' 하는 생각에 지니킴이라는 브랜드를 런칭하게 되었죠.

Q 디자인에서 가장 중요하게 생각하는 점은 무엇인가요? 그리고 구두를 디자인할 때 어떤 것에서 영감을 받나요?

A 디자인에서 중요하게 생각하는 것은 아이덴티티예요. 길에서 지나가다 아주 잠깐 보더라도 한눈에 '어느 브랜드의 구두구나' 하고 알 수 있을 정도로 자신만의 색깔을 가지고 있는 디자인을 하는 게 가장 중요하죠. 이를 위해 모든 디자이너들이 자신만의 컨셉트를 찾고 개성 있는 디자인으로 승화시키기 위해 노력하는 것이죠.

저의 컨셉트는 'Vintage Hollywood Style'이에요. 그래서 컬렉션을 준비할 때 LA, 밀라노, 파리, 뉴욕에 있는 빈티지 숍들을 꼼꼼히 뒤지죠. 옛 할리우드 영화배우들의 스타일에서 영감을 받기도 하고, 도서관에서 30~70년대의 《보그》나 《바자》, 구두 관련 잡지들을 보며 자료 수집을 한 후에 그 시대의 디테일이나 라인을 최신 트렌드와 믹스해 디자인하기도 해요.

예를 들면 50년대 후반에 유행했던 4cm 정도의 여성스러운 포인트 토 디자인을 최신 스타일의 짧은 포인트 토 10cm 하이힐로 바꾸고 비비드한 컬러의 페이턴트로 바꾸어 만드는 거죠. 물론 트렌드를 놓치지 않기 위해 옛 할리우드 스타들뿐만 아니라 요즘 영 할리우드 스타들의 스타일도 체크하고 있어요.

$\mathcal{Q}$ 구두 디자이너의 시각에서 좋은 구두가 갖춰야 할 조건은 어떤 것이라고 생각하나요?

$\mathcal{A}$ 첫 번째는 디자인이에요. 물론 신었을 때 발 모양이 예뻐 보이는 게 중요하죠. 아무리 아름다운 구두라도 디자인만 강조하고 신었을 때의 발 모양을 생각하지 않는다면 그것은 좋은 디자인의 구두라 할 수 없어요. 며칠 전 크리스찬 디올이 스타일에 관해 쓴 책에서도 그가 정확히 저와 같은 생각을 하고 있다는 걸 읽었어요.

두 번째 중요한 것은 착용감이에요. 발이 아프지 않아야 해요. 아무리 고급스럽고 섹시한 구두라도 불편한 구두는 신고 있는 사람을 어색하고 자신감 없어 보이게 만들죠. 세 번째는 소장가치. 오래 가지고 있어도 질리지 않을 정도로 가치가 있는 클래식한 디자인이 훌륭한 구두의 조건이라 생각해요.

Q 지금까지 만든 구두 중 가장 애착이 가는 디자인은요?

A 물론 모든 작품에 다 애착이 가지만, 마리포사Mariposa라는 이름의 쥬얼리 컬러 새틴 샌들에 가장 애착이 가요. 비비드한 컬러의 새틴에 리본을 장식한 슬링백 슈즈인데, 지난 봄 여름 내내 컬러별로 만들어 신고 다녔을 정도로 아끼는 디자인이에요. 지니킴을 가장 잘 보여주는 디자인이기도 하구요.

Q 자신이 만든 것 외에 매혹적이고 가장 기억에 남는 구두는 무엇인가요?

A 크리스찬 루부탱이 2007년에 출시한 구두로 시스루 블랙 레이스에 블루 새틴 리본이 장식된 이브닝 샌들이에요. 왜 하이힐이 섹시하다고 하는지 진정 알게 해준, 발 위의 란제리 같은 느낌을 주었던 구두였죠.

Q 구두 디자이너로 활동한 이후 가장 즐거운 혹은 인상 깊은 에피소드는요?

A 우연히 외국 잡지에서 비주 필립이 제가 디자인한 부티에 드레스를 매치하고 레드카펫 위에 선 것을 보고 굉장히 기뻤던 기억이 나요. LA의 밀크Milk라는 셀렉트 숍에서 제 구두를 팔았는데, 그녀가 직접 구입해 갔다고 하더라고요.

가장 뿌듯했을 때는 LA의 디아볼리나Diavolina라는 셀렉트 숍에서

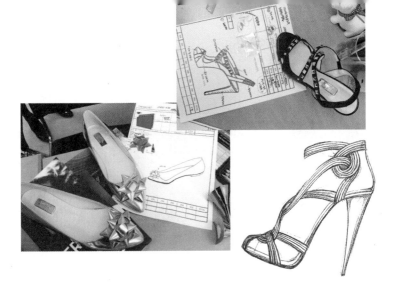

내 구두를 바잉했을 때였어요. 너무 예쁜 구두가 많은 곳이라 제가 가장 좋아하는 숍이었죠. 린제이 로한의 단골 숍이기도 하구요. 어느 날 용기를 내서 룩북look book을 주고 왔는데 연락이 없더라고요. 그 래서 잊고 있었는데 1년 후 바이어가 WSA(뉴욕에서 진행되는 액세서리 컬렉션)의 저희 쇼 장에 찾아왔어요. 며칠 전 박스에 처박힌 제 룩북을 발견했다면서. 제가 룩북을 주었을 때 점원이 전달을 안 해줬던 거죠. 그 이후로 디아볼리나에서 제 구두를 팔게 되었어요.

Q 시그니처 스타일을 한마디로 표현한다면?

A 루비퍼플, 에메랄드그린 등 원색적인 쥬얼리 컬러의 새틴 이브닝 샌들과 여성스러운 리본 디테일이 아닐까요?

하이힐에 대한 그들만의 착각과 환상

하이힐이 여자에게 근사한 프로포션과 더 나은 스타일을 선사해 줄 뿐 아니라, 인생의 감격스러운 순간을 함께 나누는 동반자와 같은 존재라면, 남자들에게는 그저 바라볼 수밖에 없는 호기심의 대상이다.

디올 옴므의 디자이너였던 에디 슬리먼 덕분에 남자들도 하이힐을 신을 수 있게 됐고, 실제로 해외 컬렉션에서 하이힐을 신은 몇몇 남자들을 목격하긴 했지만 그래도 여전히 하이힐이란 여자의 전유물이자 남자들이 범접할 수 없는 유일한 패션아이템이다. 가질 수 없는 것은 더욱 아름다워 보이고, 잘 알지 못하는 것에 대해서는 더 호기심이 발동하는 남자들의 보편적인 심리 덕분에 하이힐은 비밀스럽고 치명적인 매력을 가진 물건으로 남자들을 자극한다.

특히 패션 분야에서 일하는 남자들은 다양한 직업적 이유로 하이힐에 관한 남다른 생각과 구체적인 견해를 가지고 있다. 모델로부터 더 멋진 프로프션과 당당한 포즈를 이끌어내기 위해 반드시 하이힐을 신기는 포토그래퍼가 있는가 하면, 세련된 패션피플의 발끝을 보며 새로운 하이힐의 탄생과 트렌드를 읽어내는 패션에디터도 있다. 하이힐을 신고 하이힐이 선사해주는 매력을 직접 느끼지 못하는 그들이지만, 여자들만큼이나 하이힐에 대해 고민하고 하이힐의 중요성을 실감하며, 그것이 주는 매혹에 사로잡혀 있다. 그들에게 하이힐은 멋진 화보를 완성시켜주는 감사한 도구이자 최고의 미학을 간직한 매끈한 선이며, 여자를 가장 멋지게 완성시켜주는 아름다운 상품인 것이다.

패션에 전혀 관심이 없는 남자들조차도 하이힐에 대해서는 어느 정도 환상을 갖고 있다. 볼품없는 납작한 구두를 신은 다리보다는 반짝이고 매끈한 하이힐을 신은 여자의 다리에 시선을 주는 것을 보면, 하이힐은 단순히 패션아이템이 아닌 판타지를 자극하는 사물이란 사실을 알 수 있다. 그 판타지란 반드시 성적 매력에 대한 유혹을 뜻하는 것은 아니다. 날렵한 스포츠카에 올라탄 남자들에 대한 여자들의 막연한 환상 같은 것이 아닐까.

매끈한 하이힐을 신은 여자는 어딘지 좀 더 도도하고 자신감에 넘쳐 보인다. 하이힐이 선사하는 판타지는 바로 그 도도함과 자신감이며 남자들이 하이힐을 보고 느끼는 막연한 설렘은 그런 이유에서 비롯되는 것인지도. 그러니 남자들이 하이힐에 관해 갖고 있는 착각,

즉 여자들이 하이힐을 신는 이유가 그들을 유혹하기 위해서라는 오해는 이쯤에서 접어두기 바란다. 여자들에게 하이힐은 남자들을 위한 섹스어필의 도구가 아닌 자기 자신을 깨우고 일으켜 세워주는 마법이다. 남자들이 하이힐을 신은 여자에게 매력을 느낀다면 그들 역시 단지 그 마법에 스스로 걸려든 것뿐이다.

❖

각기 다른 직업을 가진 남자들이 하이힐에 대한 그들의 이야기를 풀어놓았다. 포토그래퍼, 에디터, 마케팅 디렉터 등 패션 분야에서 일하는 만큼 여느 남자들에 비해 하이힐을 바라보는 시선은 조금 특별하다.

✐ 포토그래퍼 K "여자를 도도하게 만드는 마법"

'뾰족하고 위험하게 생겼다. 몹시도 불편하게만 생겼고 섣불리 덤볐다가는 그 친절치 못한 굽으로 찍힐 수도 있을 테다.' 이것은 하이힐에 대한 나의 주관적인 첫인상이다. 적당히 사납고 어렵고 또한 불친절한 신발이라는.

얼굴만 나오는 뷰티 촬영에서도 나는 여자들을 이 불편한 신발에 올라가게 한다. "상반신 클로즈업 촬영이라면서요?"라며 피사체는 역시나 성가시게 대답한다. 하긴 얼굴만 나오는 촬영인데 하이힐을 신게 하는 내가 이상한 사람처럼 보이는 것도 당연하다. 어찌됐든 나의 요구대로 모델들은 뾰족한 신발에 올라선다.

발가락 앞코가 30도 정도 꺾이며 종아리에 텐션이 들어가고, 그것은 온몸을 아름답게 긴장시킨다. 조금 더 위로 척추 여러 마디를 곧추세우고 양 어깨를 비상하는 새의 자태처럼 아름답게 해준다. 그리고 조금 도도하게 턱이 15도 정도 올라가면서 눈동자에는 이전에 볼 수 없었던 자신감 서린 눈빛이 떠오른다. 이것이 내가 여자를 하이힐에 올려놓는 단순한 이유이다. 하이힐을 신은 여자는 남자를 게임에 빠지게 한다.

하이힐은 여자를 도도하게 만들고 대부분의 남자들은 그 도도함과 게임하는 것을 즐기기 때문이다. 그 이유가 어떤 욕구이든 불문하고.

피처에디터 L "하이힐은 판타지다"

나는 하이힐을 신은 여자를 아주 좋아한다. 왜냐하면 가늘고 매끄럽고 긴 다리는 너무 예쁜데, 하이힐을 신으면 다리의 그런 매력들이 훨씬 배가되기 때문이다. 힐 모양은, 내게 두 가지로 구분되는데, 하나는 세부가 복잡한 것, 다른 하나는 '심플'한 것으로 나뉜다. 앞의 것을 신은 여자는 상황에 따라 다르지만, 대체로 스타일에 대한 감각이 지나치게 넘치거나 아예 없는 듯한 인상을 준다. 반대로 단순한 힐의 경우, 오히려 훨씬 매력적이다. 심플한 힐은 '라인'으로 승부하는데, 알게 모르게, 무의식에서, 힐의 라인과 여자 몸의 라인은 일종의 성적 메타포를 동시에 함의하고 있다고 느껴진다. 그래서 선이 부드러운 힐은 매력적이다.

개인적 취향에 차이는 있겠지만, 힐이 섹시하단 사실엔 모든 남성들이 공감할 것이다. 군이 빨간 힐이 아니더라도 말이다. 힐은 남자들에게 하나의 판타지다.

⚘ 패션 마케팅 디렉터 Y "여자와 남자의 시선은 다르다"

패션 비즈니스에 종사하다 보니 자연스레 일반 남자들보다 여자들의 패션에 대해 훨씬 해박할 수밖에 없고, 과감한 트렌드에 관해서도 어느 정도 관대한 시각을 갖게 됐다. 남자들이 좀처럼 이해할 수 없는 스타일이 여자들 사이에선 아주 시크하고 쿨한 것으로 여겨진다는 사실을 포함해서.

하지만 그럼에도 불구하고 하이힐에 관해서 만큼은 도무지 여자들의 취향에 동의할 수가 없다. 요즘 좀 세련됐다는 여자들은 왜 하나같이 그토록 자극적이고 투박하고 건축물 같은 플랫폼힐에 목숨을 거는 것인가? 가늘고 우아한 스틸레토 하이힐이 주는 아찔하고 여성스러운 매력에 비해 그 투박한 구조물 같은 플랫폼힐은 얼마나 무섭고 드세 보이는지! 하이힐만큼은 영원히 아담하고 귀엽고 섹시하길 바라는 마음은, 세상이 두쪽 나도 여자는 여자답길 바라는 남자의 욕망만큼이나 본질적이다.

사랑에 빠지고 싶고, 어떤 남자에게 잘 보이고 싶은 여자들에게 한 가지 조언을 하고 싶다. 여자들이 섹시하거나 자극적이라고 생각하는 디자인을 남자들은 무섭고 세다고 생각한다는 것. 아무리 세련된 취향을 가진 남자라도 내 여자 친구의 하이힐만은 여성스럽고 귀엽고 우아하길 바란다. 건축적이고 기하학적인 드라마틱한 구두는 오직 여자들의 취향일 뿐, 대부분의 남자들에겐 거부감을 불러일으킨다는 사실을 알아주길.

5분간의 황홀한 쇼, 컬렉션 현장

디자이너들의 따끈따끈한 디자인과 새로운 트렌드를 취재하기 위해 온 전세계 언론사의 패션기자들, 친한 디자이너의 쇼를 보기 위해 왕림한 셀러브리티들, 한 시즌의 매출을 책임져줄 근사한 옷과 구두를 바잉하기 위해 몰려든 바이어들…. 패션의 중심 도시인 뉴욕, 런던, 밀라노, 파리는 1년에 두 번 열리는 컬렉션에 참석하기 위해 모여든 패션피플들로 북새통을 이룬다.

전세계에서 가장 영향력 있는 패션피플들은 하루에 열 개씩 한 시간 간격으로 빡빡하게 짜인 컬렉션 일정에 따라 하루 종일 우르르 몰려다니며 도시의 교통체증과 번쩍거리는 플래시 세례를 유발해낸다. 호수 위 우아한 백조의 모습이 바로 이런 것일까? 오전 9시에 시작되는 첫 쇼부터 밤 10시가 훌쩍 넘어 끝나는 마지막 쇼까지 지하철과 택시로 종횡무진하며 뛰어다니다 보면 여유로운 식사나 쇼핑을 즐길 시간은 턱없이 부족하다. 유명 디자이너의 최신 의상과 구두를 신고 고급 승용차에서 미끄러지듯 내려 맨 앞줄에서 쇼를 보는 에디터들조차 살인적인 쇼 스케줄에 맞추기 위해 차 안에서 샌드위치와 사과 한 쪽으로 끼니를 때우기 일쑤다.

한 쇼가 끝나면 바로 다음 쇼가 이어지기 때문에 쇼 시간에 늦지 않기 위해 헐레벌떡 차에 올라타 운전기사에게 빨리 달리라고 불호령을 내린다. 운이 나빠 길을 잘 모르는 운전기사를 만나 쇼 장을 찾아 헤매거나(대부분의 쇼가 찾기 힘든 외지고 한적한 곳에서 이루어지기 때문), 심한 교통체증에 걸리기라도 하면 제 시간에 도착하지 못해 쇼를 놓치는 경우도 있다. 그래서 쇼 장 주변에는 끔찍한 자동차 행렬을 견디다 못해 차에서 내려 하이힐을 신고 뛰어가는 여자들의 진풍경이 종종 벌어진다. 게다가 인터넷의 발달로 그날 선보인 쇼의 내용을 곧바로 업데이트해야 하기 때문에 쇼가 끝나자마자 원고를 정리해 이메일로 전송해야 하는 기자들의 고충은 이루 말할 수 없을 정도.

이렇게 숨 가쁜 쇼 장 밖 풍경만큼이나 쇼 장 안 상황도 다급하긴 마찬가지다. 특히 백스테이지는 거의 전쟁터를 방불케 한다. 바로 전 쇼를 마치고 달려온 모델들의 헤어와 메이크업을 제 시간에 맞춰 끝내기 위해 서너 명의 스태프가 한꺼번에 달려들고, 피팅을 제대로 하지 못한 의상들은 그 자리에서 바느질과 다림질로 다듬어진다. 2년 전 뉴욕 패션 위크 기간 마크 제이콥스 쇼에서는 쇼 시작 5분 전까지

백스테이지에서 재봉틀이 돌아간 적도 있을 정도! 쇼 시간이 가까워
올수록 무대 뒤 스태프들의 목소리는 높아지고 손은 빨라지며, 신경
은 극도로 날카로워진다. 이미 객석은 관객들로 꽉 찼고, 쇼 시작을
재촉하는 웅성거림과 포토그래퍼들의 고함소리가 들리기 시작하기
때문이다.

　드디어 모든 모델들의 헤어와 메이크업이 완성되고 완벽한 상태로

옷을 입혀 내보낼 준비가 되면, 쇼 장은 몇 초간 완전한 암전 상태와 고요에 잠겼다가 빠른 비트의 커다란 음악 소리와 함께 환하게 불이 켜지며 쇼가 시작된다. 몇 시간 동안의 혼란과 혼돈, 신경질과 날카로움은 모두 사라진 채 섹시한 모델들의 아찔한 워킹과 디자이너의 손끝에서 탄생한 새로운 의상, 근사한 하이힐만이 환하게 빛나는 순간이다. 무대 뒤의 그 모든 소란스러움을 익히 알고 있는 노련한 관객들조차도 런웨이의 그 매혹적인 5분간은 옷과 음악과 새로운 스타일에 완전히 압도당하고 만다.

　나는 5년 전 처음으로 뉴욕 컬렉션에 참석했을 때 취재를 위해 여러 디자이너의 백스테이지에 들어가게 됐는데, 정말이지 깜짝 놀랐었다. 무대 위에서 카리스마를 뽐내던 모델들이 여기 저기 바닥에 누워 수다를 떨며 시간을 때우거나 군것질을 하고 있었고, 마크 제이콥스나 마이클 코어스 같은 유명 디자이너들은 아직도 뭔가 불안하다는 듯 끊임없이 모델들의 옷매무새를 고쳐주고 있었다. 그렇게 화려해 보이는 런웨이의 5분이 이런 몇 시간의 소란 끝에 만들어지는 거구나 싶어 그 다음부터 쇼를 볼 때마다 뭔가 좀 더 벅찬 기분이 들었다.

　짧은 5분을 위해 거대한 무대 장치나 화려한 퍼포먼스를 선보인 쇼들은 오랜 시간이 지나도 기억 속에 고스란히 남는다. 2006년 가을, 파리 프레타포르테 기간의 루이비통 컬렉션은 그 중 하나다. 100년이 넘는 공사 기간 끝에 완공된 그랑 팔레의 오픈을 기념하기 위해 역사상 최초로 루이비통이 *그랑 팔레에서 쇼를 선보인 것. 아직 아무도 완공을 보지 못한 장소에서 패션쇼를 보기 위해 초대 받았다는 사실 자체가 커다란 흥분이었던 그날 밤의 열기는 정말 대단했다.

저녁 8시, 레드카펫이 깔린 그랑 팔레는 화려한 조명과 삼엄한 경계 아래 장엄하게 빛나고 있었고, 속속 도착하는 리무진에서 니콜 키드먼, 우마 서먼, 스칼렛 요한슨 같은 할리우드 스타들이 내릴 때마다 플래시 세례가 터져 마치 아카데미 시상식장에 온 듯한 기분이 들었다. 루이비통의 수석 디자이너인 마크 제이콥스가 준비한 화려한

쇼가 끝나자 진짜 하이라이트는 그때부터 시작이었다. 루이비통을 소유한 LVMH그룹이 그랑 팔레 오픈을 기념하기 위해 아티스트 바네사 비 크로프트의 대규모 설치미술을 준비한 것. 개인적으로 워낙 좋아하는 아티스트였던 터라 나의 놀라움과 환희는 이루 말할 수 없었고, 커다란 유리 벽 안에 1백여 명의 여자들이 누드 상태로 벌이는 행위 예술은 사진 속에서 보던 것보다 훨씬 충격적이고 아름다웠다. 다른 한 편에서는 애프터 파티가 벌어지고 있었는데, 할리우드 스타들을 비롯해 세계 유명 잡지 편집장과 모델, 스포츠 스타, 포토그래퍼 등이 한데 모여 샴페인을 즐기는 모습이 실제로 내 눈앞에서 벌어지는 일인가 싶을 정도로 근사하고 화려했다.

　두 시즌 전 파리에서 열린 샤넬 쇼 역시 웅장한 무대 연출로 모두의 감탄을 자아냈다. 역시 그랑 팔레에서 열린 쇼였는데, 모델들이 모두 워킹을 끝내고 들어가자 커다란 무대 중앙에 거대한 회전목마가 등장한 것이다. 자세히 보니 거기엔 샤넬의 상징적인 모티브인 진주 목걸이, 까멜리아, 리본, 퀼트 백 등이 커다랗게 주렁주렁 달려 있었고 방금 워킹을 끝낸 모델들이 그 위에 올라타 있었다. 언제나 화려하고 스케일이 큰 쇼를 선보이는 퍼포먼스의 귀재 칼 라거펠드지

---

*그랑 팔레 에펠탑, 프티 팔레, 알렉상드르(3세) 다리와 함께 1900년 파리 만국 박람회를 기념해 건립된 대표적인 건축물로 지금은 미술관으로 사용되고 있다.

만 샤넬의 역사적인 아이콘들로 그렇게 거대한 회전목마를 만들다니 정말 대단하다는 생각이 들었다. 그것도 피날레의 그 짧은 순간을 위해 관객들에게 그런 아찔한 즐거움을 안겨주다니…. 역시 패션쇼란 스타일을 제시하는 것뿐 아니라 보는 사람들에게 꿈꾸는 듯한 판타지를 선사하는 것이란 사실을 그는 너무도 잘 알고 있는 것이다.

컬렉션 취재를 위해 열흘간 낯선 도시에 머무는 것은 아주 고단한 일이다. 남들이 생각하는 것처럼 멋지고 화려한 순간보다는, 발로 뛰고 굶주리고 피곤에 지치는 순간이 훨씬 많다. 그럼에도 불구하고 쇼를 포기하지 못하는 이유는 아마도 쇼가 선사하는 그 5분간의 판타지 때문일 것이다.

기다림에 지친 관객들의 웅성거림과 포토그래퍼들의 불만 섞인 휘파람 소리가 암전과 함께 연기처럼 조용히 사라지는 그 몇 초간의 짧은 적막, 기대에 찬 누군가 침을 꼴깍 삼키는 소리, 그 순간 눈이 시리도록 환하게 모든 조명이 켜지고 폭발적인 음악과 함께 시작되는 쇼. 아드레날린이 최고조에 달해 흥분으로 가슴이 두근거리며 온 신경세포가 런웨이 위로 치닫는 5분간의 '쑈, 쑈, 쑈'. 그것은 한 번 빠져들면 절대로 포기할 수 없는 마법, 그 자체다.

Part 3
Style Note

슈어홀릭
스타일노트

스타일의 완성, 구두

옷은 잘 입지만 구두를 선택하는 솜씨는 엉망인 여자는 있어도, 멋진 구두를 신으면서 옷을 못 입는 여자는 정말이지 드물다. 옷을 잘 입는다는 것은 단지 트렌디한 옷을 입고 잇 백을 들고 예쁜 하이힐을 신는 것만을 의미하는 것이 아니다. 유행과 관계없이 베이식한 데님 팬츠에 화이트 티셔츠를 입었음에도 왠지 세련돼 보이는 여자가 있는가 하면, 반대로 한눈에 봐도 값비싸 보이는 유명 브랜드의 신상 아이템을 입었음에도 어쩐지 촌스러워 보이는 여자가 있으니 말이다.

빈티지 숍에서 건진 낡은 티셔츠와 가죽 재킷만 걸치고 나타난 케이트 모스의 스타일리시한 룩에 열광하는 사람들이 유명 디자이너의 쿠튀르 드레스를 입고 등장한 패리스 힐튼을 보면서 눈살을 찌푸리는 이유는 케이트 모스에게는 있는 것이 패리스 힐튼에게는 없기 때문이다. 그것이 무엇일까? 정답은 스타일이다.

스타일이란 음악을 좋아하는 취향, 영화나 책을 고르는 지적 기호, 훌륭한 예술 작품이나 멋진 디자인을 대했을 때 느끼는 감동, 말투와 자세 같은 모든 개인적 테이스트가 결합되어 이것이 옷을 입을 때마저 자연스럽게 드러나는 것을 의미한다. 좋은 스타일을 갖는다는 것은 그래서 아주 까다롭고 힘든 일이며 주변에서 멋진 스타일을 지닌 사람들을 만나기가 생각보다 쉽지 않은 이유도 바로 여기에 있다.

셀러브리티와 패션모델 등 화려하고 트렌디한 룩을 즐기는 여자들은 많지만, 이 중에서도 특별히 자신만의 시그니처 signature 스타일을 완성하며 남다른 룩을 선보이는 트렌드세터들이 있다. 한 시즌 혹은 몇 년이 지나가면 잊혀지는 유행 아이템 같은 패셔니스타가 아니라 한 시대의 스타일을 대변하는 것은 물론, 모든 사람들이 그녀의 스타일에서 영감을 받게 만드는 파워를 지닌 여자들, 우리는 그들을 스타일 아이콘이라 부른다. 트렌디한 것과 빈티지한 것을 믹스할 줄 아는 스타일링 노하우를 갖고 있는 물론, 새로운 것에 도전하는 것을 두려워하지 않아 누구보다 먼저 유행을 선도하는 것이 진정한 스타일 아이콘의 자질이다.

우리가 스타일 아이콘이라 말하는 이들에게는 공통점이 있는데 그것은 바로 멋진 구두에 집착한다는 사실이다. 스타일에 일가견이 있는 그녀들은 똑같은 블랙 스커트 한 벌이라도 구두에 따라 완전히 다른 룩이 된다는 사실을 누구보다 잘 알고 있는 것이다.

더 이상 말이 필요 없는 패션아이콘, 케이트 모스의 룩을 살펴볼까? 그녀는 이미 오래전부터 계절과 날씨를 뛰어넘어 다양한 구두를 자유롭게 즐겨왔다. 한여름 하늘거리는 시폰 드레스에 투박한 가죽 부츠를 신은 채 런던의 거리를 활보하고, 한겨울 거대한 볼륨의 모피 코트에 발가락이 훤히 드러나는 섹시한 스트랩 샌들을 매치하며, 진흙으로 뒤덮인 록페스티벌에 참석할 때는 여기저기 찢어진 데님 쇼츠에 영국의 전통적인 레인 부츠를 신는 것, 이 모든 것이 케이트 모스가 가장 먼저 선보인 패션 신scene이다.

그녀는 자신만의 자유로운 방식으로 구두에 대한 여자들의 편견과 고정관념을 완전히 깨뜨려 버렸다. 한겨울에 스타킹이나 양말 위에 샌들을 신는 것이 이상하기는커녕 아주 세련돼 보인다는 것, 여성스러운 원피스에는 귀여운 메리제인 펌프스 대신 터프하고 낡은 가죽 부츠가 더 어울린다는 것을 똑똑히 보여준 그녀 덕분에 여자들은 계절에 관계없이 원하는 구두를 마음껏 믹스 매치할 수 있게 됐다.

뿐만 아니라 똑같은 옷을 입더라도 어떤 구두를 매치하느냐에 따라 전혀 새로운 룩이 연출된다는 것 역시 케이트 모스의 스타일을 통해 배울 수 있다. 그녀는 평소 즐겨 입는 스키니 진이나 블랙 레깅스에 주로 플랫슈즈를 매치해 편안한 스트리트 룩을 연출하는데, 똑같은 옷차림에 크리스찬 루부탱의 아찔한 플랫폼힐을 신어 전혀 새로운 이브닝 룩을 완성시킨다. 그야말로 구두의 파워를 느끼게 해주는 대목이 아닐 수 없다.

케이트 모스 외에 구두를 잘 선택한다고 생각되는 패션아이콘으로 나는 클로에 세비니를 꼽는다. 뉴욕 패션 브랜드인 오프닝 세리머니 Opening Ceremony를 통해 자신의 이름을 딴 패션 라인까지 런칭했을 만큼 그녀의 패션 감각은 익히 알려졌지만, 과연 진정한 스타일 아이콘이구나 하고 고개가 끄덕여지는 부분은 바로 그녀가 구두를 선택하는 센스다.

빈티지에서 랑방의 드레스까지, 보이시한 룩에서 더없이 여성스러운 룩까지 스트리트와 하이엔드, 여성성과 남성성의 경계를 자유롭게 넘나드는 그녀는 언제나 구두의 선택에 심혈을 기울인다.

"구두는 정말 클래식한 아이템이에요. 특히 하이힐은 더욱 그렇죠. 미래 지향과 하이테크놀로지로 점철된 시대에 아직도 염소 가죽을 손으로 일일이 바느질하고 있으니 이보다 더한 클래식이 어디 있나요?"

구두에 대한 그녀의 애정과 신념은 곧 스타일에서 드러난다. 그녀는 휴가를 떠날 때는 복고풍의 빨간색 하이웨이스트 쇼츠에 50년대 스타일의 빈티지 에스파드류(굽이 밀짚으로 된 웨지힐)를 신고, 랑방의 컬렉션을 보기 위해 쇼 장을 찾을 때는 오렌지색 새틴 원피스에 크리스찬 루부탱의 시크한 블랙 앵클부츠를 신는다. 또한 볼륨감 있는 미니스커트와 카디건으로 완성한 스쿨걸 스타일의 경쾌한 룩에는 두꺼운 삭스와 레이스업 부츠를 매치하는 스타일링 센스를 발휘하며, 발렌시아가 원피스로 완전히 드레스업한 레드카펫 위에서는 클래식한 블랙 펌프스로 오히려 심플하게 마무리한다.

화려한 구두로 드레스업하기보다는 내추럴한 컬러지만 독특한 디자인을 지녔거나 심플한 디자인이지만 아찔한 굽을 가진 구두를 고르고, 경우에 따라 타이츠나 삭스와 구두의 매치에 신경을 쓰는 등 조용하면서도 힘있는 슈즈 스타일링을 보여주는 클로에 세비니. 그녀는 분명 한번에 다 보여주지 않고 보일 듯 말 듯, 알려줄 듯 말 듯 한 애티튜드로 질리지 않는 패션스타일을 완성하는 진정한 패션아이콘의 면모를 가졌다.

오프닝 세리머니에서 선보인 클로에 세비니의 패션 라인에서 옷보다 화제가 됐던 것 역시 그녀가 디자인한 블랙 레이스업 웨지힐이었다. 평소 그녀가 즐겨 신는 빈티지한 슈즈 스타일을 그대로 살려 직접 디자인한 그 구두는 트렌드세터들의 위시아이템 1호가 될 정도로 큰 인기를 끌었다.

이처럼 구두의 힘을 잘 활용하여 당당히 스타일 아이콘으로서의 입지를 굳히는 이들이 있는가 하면, 화려한 스타일 덕분에 패셔니스타로 불리기는 하지만 그들이 선택하는 구두를 볼 때 실망을 감출 수 없는 경우도 있다. 그녀들의 구두는 '솔직히 난 세련된 취향과는 전혀 관계가 없어요' 라고 말하고 있는 것처럼 보인다.

포시 posh('머리끝부터 발끝까지 화려하게 치장하는 여자' 라는 뜻의 영국 속어)라는 별명이 붙을 정도로 화려한 룩을 뽐내는 빅토리아 베컴의 경우가 그렇다. 언제나 눈에 확 띄는 트렌디한 아이템이나 디자이너의 의상으로 완벽하게 치장하지만, 그녀가 신는 구두를 보면 약간 촌스러울 뿐만 아니라 그녀의 속물적인 취향이 그대로 드러나는 듯하다. 하이힐이 분명 여자의 섹스어필을 위한 가장 큰 무기라고는 하지만, 그녀는 섹시해지고 싶은 모든 욕망을 온통 하이힐에 쏟아 붓는 것처럼 보일 정도다.

최고의 스타일리스트와 디자이너들을 친구로 둔 셀러브리티들이 도대체 왜 구두 선택에 실패하는 것일까? 그건 아마도 옷보다 더 튀지 않으면서도 전체적인 룩을 세련되게 업그레이드 해주는 은밀한 매력을 가진 구두를 고르는 데에는 본능적인 미적 감각이나 스타일링에 관한 오랜 훈련이 필요하기 때문일 것이다.

그 시즌에 유행하는 구두를 잔뜩 구입한다고 해서 멋진 룩이 완성되는 것이 아니다. 오래된 구두를 최신 트렌드 아이템에 매치할 수 있는 노하우, 혹은 빈티지 숍에서 건진 낡은 원피스에 반짝반짝한 루부탱의 새 하이힐을 매치할 수 있는 센스야말로 진짜 멋진 슈즈 스타일링임을 우리는 패션아이콘들의 스타일에서 발견할 수 있다. 한마디로 백만 원짜리 구두를 구입하기 전에 먼저 자신의 스타일을 완성하는 것이 진정한 슈어홀릭이 가져야 할 애티튜드란 얘기다.

아직도 패션스타일과 구두의 상관관계에 대해 이렇다 할 확신이 서지 않는다면 세계적인 구두 디자이너 미셸 페리의 명쾌한 한마디에 귀 기울여 보자.

"신발이란 간결하고 관능적인 스타일의 연습과도 같은 것이에요. 굽이 있는 신발을 신어보세요. 모든 것이 달라지는 것을 느낄 수 있답니다. 분위기, 걷는 방식, 실루엣과 비율, 인생을 보는 방식조차도 말이죠!"

패션화보에 모든 것이 있다!

패션에디터들에게 화보 촬영은 사진 한 컷에 패션 트렌드와 표현하고자 하는 이미지, 의상끼리의 컬러 조합과 멋진 배경까지 담아내야 하는 매우 까다롭고 함축적인 작업이다. 특히 화보의 주인공이 구두라면 얘기는 더욱 복잡해진다. 구두를 부각시키는 앵글을 만들어내기 위해 자연스러운 상황의 컨셉트를 잡아야 하는 것은 물론, 그 상황에 어울리는 스타일을 정하고, 어떤 구두를 주제로 잡을지에 대해 고민해야 하며, 구두와 의상의 컬러 조합까지 신경 써야 하는 등 웬만한 패션화보보다 더욱 까다로운 노력을 요구하니 말이다.

개인적으로 슈즈가 가장 잘 부각된 화보를 꼽자면 지난 겨울 촬영했던 'Clean up, baby' 화보다. 무엇보다 컨셉트를 잘 살린 촬영이었다. 먼저 구두와 백에 포커스를 맞춘 장면을 연출하기 위해 포토그래퍼와 나는 상황을 만들어야 했는데 우리가 생각해 낸 것은 바로 청

소였다. 시즌 트렌드인 컬러풀한 구두나 겨울 느낌의 모피 장식 부츠 등을 신고 잇 백을 든 결벽증 소녀가 지저분하고 복잡한 공사장에서 다양한 포즈로 청소를 한다는 것이 우리가 설정한 상황. 제품이 컬러풀하니 배경은 화이트로 가는 것이 효과적이란 결론이 나왔고, 세트 스타일리스트는 바닥을 하얀 석고로 칠하고 깨뜨려 하얀 먼지가 폴폴 날리는 공사장 같은 세트를 완성했다.

잇 백을 들고 잇 슈즈를 신은 결벽증 소녀를 테마로 잡자 옷은 컬러풀한 모피가 자연스러워 보였고, 그래서 나는 거대한 빨간 여우털 코트와 눈이 시릴 정도로 파란 토끼털 코트, 에메랄드 그린 컬러의 담비털 목도리와 샛노란 양털 재킷 등의 의상을 준비했다.

관건은 이 컬러풀한 의상과 구두, 타이츠의 조합이었다. 비비드한 컬러끼리 섞을 경우 촌스러워 보이거나 너무 지나쳐 보일 우려가 있었던 것. 그래서 내가 택한 방법은 의상에 들어간 컬러 한 가지와 구두의 컬러를 맞추는 것이었다. 예를 들어, 오렌지색 원피스에 보라색 퍼 베스트를 입은 룩에는 오렌지색 앵클부츠와 토트백을, 회색 원피스에 핑크 퍼 볼레로를 입은 룩엔 회색 프린지 장식 부츠를 매치하는 방식이었다. 세트에 필요한 소품 역시 비슷한 방식으로 선택했다. 빨간색 구두가 들어가는 컷에는 빨간색 공구를 사용하고, 초록색 여우털 코트가 들어가는 컷에는 초록색 공사용 전선을 바닥에 늘어뜨리는 식으로 말이다. 결과는 만족스러웠다.

이렇게 구두와 백이 부각되는 세팅 화보가 아니더라도 패션화보에서 구두의 역할은 매우 중요하다. 발레리나 컨셉트에는 무조건 플랫슈즈를 신겨야 하고, 체크무늬를 주제로 한 런던 펑크 컨셉트에는 버클이나 메탈릭한 디테일이 달린 부츠나 펌프스가 필요하다. 보이시하고 개구쟁이 같은 느낌으로 스타일링할 때에는 같은 플랫슈즈라도 쇼츠나 팬츠에 어울릴 만한 레이스업 슈즈 같은 남성용 디자인의 구두를 골라야 하며, 한여름 리조트 룩을 촬영할 때에는 이국적인 장식이나 프린트가 가미된 샌들을 선택해야 한다. 화보의 컨셉트를 잘 정해 멋진 스타일링을 연출했다 하더라도 룩과 전혀 어울리지 않는 구두를 매치한다면 형편없는 패션화보가 되고 만다.

화보에서 구두의 중요성은 특히 미니멀한 디자인의 옷을 촬영할때 더욱 드러나게 되는데, 평범한 구두를 매치했다면 눈에 띄지 않았을 너무 심플한 무채색의 옷도 조형적이고 건축적인 구두를 신기는것만으로 멋진 스타일링처럼 보일 수 있기 때문이다. 그래서 실루엣만 강조한 미니멀한 옷을 주로 선보이는 디자이너들일수록 쇼에서기하학적인 굽이 달린 구두나 어마어마하게 높은 킬힐을 신기고, 광고 비주얼에서도 매우 건축적인 디자인의 하이힐을 매치하는 경향이있다.

패션화보는 트렌드에 민감한 여자들에게 실제로 유행 아이템을 어떻게 매치해야 좋은지를 알려주는 실제적인 비주얼이며, 여행을 떠

나거나 운동을 할 때, 학교나 직장에 갈 때 혹은 데이트를 할 때 등의 구체적인 상황에 어떤 식으로 드레스업해야 할지를 함축적으로 보여주는 스타일링 가이드다.

여자들은 이 비주얼을 보면서 패션 기사를 통해서는 얻을 수 없었던 스타일에 대한 시각적 이해와 구체적인 인식을 갖게 되고, 언젠가 자신도 시도해볼 수 있을 것이라는 욕망과 환상을 품게 된다. 때문에 패션화보는 머리끝부터 발끝까지 가장 완벽한 상태의 스타일링을 보여줘야 할 의무가 있으며 구두의 역할은 다른 어떤 아이템보다 중요하다.

나는 5년째 매달 새로운 트렌드를 어떤 배경의 어떤 상황에서 어떤 스타일로 만들어 낼지 고민하고 있지만 그것은 여전히 늘 어렵고 까다로운 작업이다. 완벽한 컨셉트를 잡아 놓고도 장소, 헤어, 메이크업, 스타일링 중 어느 하나라도 삐끗하는 순간 그달의 비주얼은 형편없어지기 때문이다. 특히 매달 다른 스타일의 의상을 픽업하면서 꼭 어울리는 구두를 찾아다니는 일은 쉽지 않다. 외국의 경우처럼 유명 디자이너쇼에 등장한 런웨이용 구두들을 구할 수 있는 것도 아니고, 모델들의 발에 맞는 큰 사이즈의 예쁜 구두를 찾기도 힘들다. 그래서 어쩌다 예쁜 구두를 발견하는 행운을 얻는 날에는 바닥이 긁히지 않도록 테이프를 몇 겹씩 붙여야 하는 일쯤은 감수해야 한다.

멋진 스타일을 위한 베이식 아이템

스타일이 좋은, 세련된 여자가 되기 위해서는 무엇보다 기본에 충실한 베이식 아이템들을 차곡차곡 모아두는 것이 좋다. 한 시즌이 지나면 잊혀지는 트렌디 아이템이 아니라 몇 년이 지나도 계절이 돌아올 때마다 다시 꺼내 입을 수 있는 옷과 구두들 말이다.

주변에 스타일 좋다는 사람들을 가만히 살펴보면 오래 입어 자신의 몸에 꼭 맞게 된 재킷이나 팬츠, 세월의 흔적 덕분에 자연스럽게 워싱된 청바지, 평범한 디자인이지만 소재가 부드럽고 포근한 코튼 티셔츠와 니트 스웨터 그리고 클래식한 블랙 하이힐 같은 베이식한 아이템을 기준으로 그 시즌의 트렌디 아이템을 적절히 섞어 스타일링하는 것을 발견할 수 있다.

오드리 헵번의 심플한 블랙 원피스와 재클린 오나시스의 클래식한 재킷에서부터 샤를로트 갱스부르의 베이식한 블루 셔츠까지 패션아

이콘이라 여겨지는 세련된 여자들의 스타일은 베이식한 아이템을 기반으로 완성된다.

매 시즌 새로운 구두를 마구 사들이면서도 어쩐지 촌스러운 친구가 있는가 하면, 무난하고 심플한 구두 몇 켤레만을 가지고도 언제나 멋진 옷차림을 완성하는 친구가 있다. 그 비밀은 무엇일까? 그것은 바로 그녀가 베이식한 아이템의 중요성을 제대로 알고 반드시 필요한 아이템을 갖춘 상태에서 스타일링하기 때문이다. 세련된 옷차림을 위해 꼭 갖춰야 할 베이식 슈즈는 무엇인지 알아보자.

클래식한 블랙 펌프스

우선 블랙 펌프스를 꼽는 것에 모두 고개를 끄덕일 것이다. 시크한 정장 차림에도, 우아한 원피스에도 고민 없이 신발장에서 블랙 펌프스를 골라 신게 되던 경험들이 있을 테니까. 언제 어느 때나 여자를 우아해 보이게 만들어주는 블랙 펌프스는 디자인에 따라 분명 어떤 스타일에도 근사하게 어울리는 머스트 해브 슈즈다.

블랙 펌프스 중에도 다양한 의상에 매치하기 위해선 최대한 간결한 디자인의 것을 갖고 있는 것이 좋다. 버클이나 로고 등의 장식이 전혀 배제된 것, 앞코가 동그란 것보다는 약간 뾰족한 클래식한 디자인은 스커트나 팬츠 모두에 활용도가 높기 때문이다.

그렇다면 블랙 펌프스만으로 얼마나 다양한 스타일을 연출할 수 있을까? 먼저 블랙 펌프스에 가장 잘 어울리는 의상은 심플한 리틀 블랙 드레스다. 심플한 디자인의 블랙 원피스에 클래식한 블랙 펌프스를 매치한다면 다른 액세서리 없이도 언제나 세련돼 보일 수 있다.

무릎 길이의 펜슬스커트도 블랙 펌프스와 좋은 매치를 이룬다. 예쁜 스웨터 한 장과 스커트 하나면 여자가 충분히 우아해 보인다는 이브 생 로랑의 말처럼 군더더기 없이 힙에서 무릎까지 꼭 맞는 스커트에 날렵한 펌프스를 매치하는 것은 시대를 초월해 여자를 고급스럽고 우아해 보이게 한다.

깔끔하게 떨어지는 테일러드 팬츠 역시 펌프스와 잘 어울리는 아이템. 특히, 당당한 커리어우먼으로 보이고 싶거나 자신감 있는 옷차림을 연출하고 싶을 때 매니시한 라인의 테일러드 팬츠에 앞코가 뾰족한 블랙 펌프스를 매치한다면 금세 모던한 워킹걸로 변신할 수 있다.

높고 아찔한 즐거움, 플랫폼 슈즈

두 번째 베이식 아이템으로 21세기의 세련된 여자들에게 가장 사랑 받고 있는 구두인 플랫폼 슈즈를 꼽는다. 앞굽이 높은 덕분에 15cm가 넘는 하이힐을 부담 없이 신을 수 있어 좀 더 근사한 프로포션과 실루엣을 연출할 수 있으니 여자들이 플랫폼 슈즈를 사랑하는 것은 당연한 일. 굽이 높은 플랫폼 슈즈는 심플한 옷차림도 트렌디하

Long Boots

Mary Jane

Platform

Black Pumps

게 업그레이드해 주는 매력을 지녔다.

플랫폼 슈즈는 무엇보다 레깅스와 스키니 진에 잘 어울리는데, 가늘고 긴 하의와 투박한 구두의 매치가 극적인 실루엣을 연출하기 때문이다. 블랙 레깅스나 다양한 컬러의 스키니 진에 박시한 재킷이나 롱 셔츠 등을 매치해 입고 플랫폼 슈즈를 신으면 파리지엔들이 즐겨 입는 시크한 룩이 완성된다.

또한 플랫폼 슈즈는 미니스커트와도 잘 어울린다. 특히 미니스커트를 입었을 때 블랙 타이츠를 신고 플랫폼 펌프스나 샌들을 신으면 아주 세련돼 보인다. 레트로나 빈티지한 룩을 즐겨입는 사람이라면 통이 매우 넓은 벨보텀 진팬츠에 플랫폼 슈즈를 매치해 70년대 제인 버킨 같은 히피 룩을 연출할 수도 있다.

2. 심플한 디자인의 가죽 롱부츠

부츠는 세련된 룩을 연출하기 위해 반드시 가지고 있어야 할 아이템. 특히 계절이나 날씨에 상관없이 부츠를 즐겨 신게 된 요즘 같은 때엔 더욱더 중요해졌다. 부츠는 길이와 디테일에 따라 전혀 다른 스타일을 완성하는데, 그 중에서도 심플한 디자인의 가죽 롱부츠는 거의 모든 의상에 매치할 수 있을 만큼 활용도가 높기 때문에 하나쯤은 가지고 있는 것이 좋다.

특히 종아리 폭이 너무 타이트하지 않고, 앞코가 적당히 둥글며,

아무런 장식 없이 무릎 바로 아래까지 올라오는 길이의 것이 좋다. 굽은 너무 얇은 스틸레토보다는 투박한 우드힐로 7cm정도의 무난한 높이가 실용적이다.

이런 가죽 부츠는 레깅스나 스키니 팬츠 같은 슬림한 하의를 넣어서 신을 수도 있으며, 원피스나 스커트와 매치할 땐 다리를 섹시하게 감싸주기까지 한다.

하나의 아이템을 더한다면, 앵클부츠를 꼽는다. 앵클부츠는 미니스커트나 쇼츠 같은 짤막한 하의와 가장 잘 어울리는 구두다. 짤막한 스커트나 쇼츠에 프린지 장식 앵클부츠를 신은 채 거리를 활보하는 케이트 모스를 떠올린다면 그 룩이 쉽게 상상될 것이다. 종아리가 짧아 보일까 걱정된다면 복사뼈에서 컷팅되는 짤막한 부츠인 부티를 선택하자. 미니스커트나 원피스는 물론, 캐주얼한 청바지에도 잘 어울리고 레깅스나 스키니 진을 입어도 아주 세련돼 보일 것이다.

2. 귀엽고 사랑스러운 메리제인 슈즈

1920년대부터 여자들이 즐겨 신었던 메리제인 슈즈는 지금까지도 다양한 굽 높이와 다양한 디자인으로 선보여지는 클래식한 구두의 한 종류다. 특히, 여자들이 즐겨 입는 원피스나 스커트 같은 페미닌한 의상에 메리제인만큼 잘 어울리고 활용도가 높은 구두도 드물다.

메리제인 슈즈의 매력은 사랑스럽고 귀여운 분위기를 연출해준다는 데 있다. 하이힐이든 플랫슈즈든 발등에 스트랩이 달린 메리제인 슈즈를 신는 순간 여자들은 단숨에 사랑스러운 이미지로 거듭난다. 따라서 의상 역시 여성스럽고 로맨틱한 느낌의 아이템이 잘 어울리는데, 그 중에서도 짤막한 미니 원피스가 베스트 매칭 아이템이다. 무릎 위 길이에 퍼프소매가 달린, 사랑스러운 디자인의 베이비돌 드레스는 앞코가 동그란 하이힐 메리제인 슈즈에 매치하기 가장 좋은 디자인. 스쿨걸 스타일의 주름스커트나 버뮤다팬츠에 메리제인 슈즈를 매치하는 것도 쿨한 프레피 룩을 연출하기 좋은 방법이다.

한편, 오드리 헵번이 즐겨 신던 메리제인 플랫슈즈를 신고 싶다면 영화 〈사브리나〉에 등장한 것처럼 발목 조금 위로 올라오는 사브리나 팬츠와 매치할 것. 여기에 줄무늬 티셔츠나 깨끗한 화이트 셔츠를 매치한다면 차려 입은 것 같지만 실제로는 아주 캐주얼하고 활동적인 룩을 연출할 수 있다.

베이식한 아이템은 우리가 매 시즌 쇼핑을 하지 않아도, 옷과 구두에 많은 시간과 돈을 투자하지 않아도 멋져 보일 수 있도록 만들어주는 것은 물론, 오히려 시간이 지날수록 빛을 발하는 매력을 가지고 있다.

지금, 당신의 신발장을 들여다보자. 클래식한 블랙 펌프스, 플랫폼 슈즈, 부드러운 가죽 부츠, 여성스러운 메리제인 슈즈가 들어있는가?

그렇다면 당신은 이미 충분히 멋진 슈즈 스타일링의 기본기를 갖춘 셈이다. 당신은 이 베이식 슈즈에 적절한 의상을 매치하는 것만으로도 충분히 매일 아침 스타일리시한 모습으로 집을 나설 수 있으니 말이다.

체형에 어울리는 구두를 선택하는 법

세계적인 구두 디자이너인 르노 펠레그리노는 최고의 구두가 갖춰야 할 것은 여자의 발을 길고 마르게 보여주는 디자인이라고 말했다. "발등을 드러내는 신발은 어깨를 드러낸 원피스와 같습니다. 발을 아주 살짝 드러내는 것만으로도 아주 섹시해 보이죠."

르노의 말처럼 여자의 관능과 연약함을 동시에 표현할 수 있는 것은 발등이 깊게 파인 날렵한 펌프스다. 특히 종아리가 통통하거나 짧을수록 발등을 많이 드러내야 다리가 더 길고 날씬해 보이는데, 오동통하고 약간 짧은 듯한 종아리를 가진 마릴린 먼로가 바로 그런 경우이다. 영화 〈7년만의 외출〉에서 지하철 통풍구 바람에 치마가 날리는 그 유명한 장면을 위해 그녀는 페라가모의 화이트 스트랩 샌들을 신었는데, 얇은 끈 두 줄로만 이루어진 그 샌들은 통통한 그녀의 다리를 아주 섹시하고 관능적으로 보이게 했다. 그녀의 다리가 가늘고 길었다면 오히려 그 장면이 그렇게 섹시해 보이지 않았을 거란 생각이 들 만큼.

가늘고 긴 다리를 가진 여자들에게는 사실 대부분의 구두가 잘 어울리지만 발 모양에 따라 선택해야 할 구두의 모양은 또 달라진다. 나의 경우 종아리는 비교적 길고 가는 편이지만 지나치게 작고 볼이 좁은 발을 가진 관계로 어울리는 구두를 선택하기가 무척 까다롭다. 한마디로 체형과 다리 모양, 발 모양에 따라 약간씩 다른 디자인을 선택하는 것이 이상적이라는 얘기다.

다음의 경우 중 자신에게 해당되는 케이스를 골라 앞으로 멋진 구두를 선택하는 데 반드시 참고하자. 자신에게 딱 어울리는 구두를 신었을 때 발의 자태와 전체적인 실루엣이 달라지는 놀라운 경험을 하게 될 것이다.

통통하고 짧은 다리, 통통한 발을 가졌다면

동양 여자들의 전형적인 다리 모양인 짧고 굵은 종아리는 길고 날씬한 실루엣의 최대 걸림돌이다. 게다가 발등까지 오동통하고 살이 많은 경우 발을 많이 드러내는 디자인을 선택하기도 어려워 가장 까다롭다. 하지만 너무 실망하지 말 것. 이런 경우 발등이 V자로 좁고 깊게 파여 있는 디자인의 슬링백 슈즈를 신으면 효과적이다.

발등 부분의 살이 구두 위로 몰려 올라올 염려도 없고 발등이 많이 보이지도 않으면서 뒤가 트여 전체적으로 시원한 발 모양을 만들 수 있다. 긴 팬츠로 다리와 발등을 가리기보다는 오히려 미니스커트나 쇼츠 등으로 경쾌하고 발랄하게 연출하자.

❷ 통통하고 짧은 다리, 날씬한 발을 가졌다면

다리가 통통하고 짧더라도 발등이 날씬하고 뼈가 돌출된 섹시한 발을 가진 여자들이 꽤 많다. 이런 경우에는 반드시 발등을 훤히 드러낼 것. 샌들을 고를 때는 마릴린 먼로가 신은 것처럼 가는 스트랩이 두세 줄로만 이루어진 것을 고르고, 펌프스의 경우에는 발가락 사이가 살짝 드러날 만큼 깊게 파인 디자인을 고르는 것이 좋다. 발가락 사이를 살짝 보이는 것은 제2의 클리비지 cleavage라고 불릴 만큼 섹시한 표현이다. 특히 앞코가 길고 뾰족한 스틸레토힐은 다리를 훨씬 길고 날씬해 보이게 한다. 반면 앵클부츠나 부티처럼 시선을 분산시키는 구두는 짧은 다리의 최대 적임을 명심하자.

❷ 가늘고 긴 다리, 통통한 발을 가졌다면

발등의 얇은 뼈나 힘줄이 보이지 않는 통통한 발은 가늘고 긴 다리의 매력을 깎아내리므로 최대한 발을 가려주는 것이 좋다. 가장 좋은 디자인은 앞코가 둥글고 발목에 스트랩이 달린 메리제인 슈즈. 스트랩은 가는 발목을 강조해 시선을 이끌어주고, 깊게 파이지 않은 둥근 앞코 모양은 발등을 적당히 가려주므로 일석이조의 효과를 낸다. 요즘 유행하는 앞코만 뚫린 앵클부츠open-toe boots나 부티 역시 못생긴 발을 가리고 긴 다리를 강조하는 데 매우 효과적인 아이템이다.

볼이 넓고 울퉁불퉁한 발을 가졌다면

볼이 넓은 경우 최대 관건은 발을 길어 보이도록 하는 것이다. 넓은 볼을 좁아 보이게 하는 것은 사실상 불가능하기 때문에 발을 길어 보이게 해 상대적으로 넓은 볼이 주는 느낌을 상쇄시키는 것.

앞코가 뾰족한 것은 발에 무리를 줄 수 있으므로 약간의 스퀘어 형태에 앞코만 살짝 길게 빠진 디자인이 가장 좋다. 여기에 넓은 볼을 감출 수 있을 만큼 발등 부분이 올라오고 프린지나 버클 같은 디테일이 장식된 것이면 더욱 효과적이다. 비비드한 컬러나 누드 컬러는 피하고 반드시 블랙이나 짙은 브라운 등 어두운 컬러를 선택하자. 슬림한 9부 팬츠와 함께 매치하면 매니시하고 세련된 룩이 완성될 것이다.

얇고 긴 발을 가졌다면

지나치게 긴 발은 여성스럽고 섹시한 이미지와는 거리가 멀다. 주변에서도 키가 큰 친구일수록 긴 발 때문에 구두 선택에 많은 고민을 하는 것을 볼 수 있다. 이때는 투박한 가죽의 플랫폼 슈즈나 웨지힐이 잘 어울린다. 플랫폼 슈즈는 대부분 앞코가 뭉툭하고 짧으며 앞굽이 높기 때문에 발이 짤막해 보이는 효과가 있다. 또한 웨지힐은 투박한 굽 디자인 덕분에 긴 발 모양으로 가는 시선을 분산시킨다. 긴 발의 경우 발가락 역시 지나치게 길기 마련이므로 오픈토 슈즈나 스트랩 샌들은 되도록 피하는 것이 좋다.

지나치게 작은 발을 가졌다면

전족을 연상시키는 작은 발은 전체적인 실루엣을 볼품없고 균형감 없어 보이도록 만드는 경향이 있으므로, 길고 날씬한 발처럼 보이게 하는 것이 중요하다. 앞코가 뾰족한 스틸레토힐, 끈으로 묶는 레이스업 디자인의 스포티한 부티 등이 가장 잘 어울리며 발등에 스트랩이 달리거나 앞코에 스터드, 버클 같은 디테일이 달린 것도 좋다. 발이 짧아 보이는 슬링백 슈즈나 플랫폼힐은 피하자.

타이츠 스타일링

같은 하이힐이라도 맨 다리에 신었을 때와 스타킹을 신었을 때는 엄청나게 다른 느낌을 준다. 특히, 다양한 종류의 타이츠가 선보이고 있는 요즘의 경우 타이츠나 삭스를 변화시키는 것만으로 한 가지 구두를 다양한 이미지로 신을 수 있다. 디자이너들의 런웨이에서도 구두와 타이츠의 멋진 매치를 살펴볼 수 있는데, 특히 블랙 타이츠의 활약이 돋보인다.

어떤 룩에 매치해도 시크한 룩을 완성해주는 매력을 가진 블랙 타이츠는 세련된 프렌치 걸들의 머스트 해브 아이템이기도 하다. 그녀들은 이 블랙 타이츠를 미니스커트, 원피스, 심지어 쇼츠에까지 즐겨 신는데 언제나 다리가 조금도 비치지 않는 불투명한 퓨어 블랙 타이츠를 고집한다. 여기에 매치되는 것은 당연히 하이힐!

앞굽이 높은 이브 생 로랑의 플랫폼 슈즈에서 프린지가 장식된 크리스챤 루부탱의 부츠까지 아찔한 하이힐과 매치된 블랙 타이츠가 뿜어내는 음울하고도 섹시한 관능미는 다른 어떤 패션 아이템보다 파워풀하다.

2008년 F/W 시즌 알렉산더 왕의 컬렉션에서는 모델들에게 여기저기 구멍을 낸 투명한 블랙 타이츠를 신겨 내보냈는데, 이것은 가죽 베스트와 지퍼 장식 미니스커트, 빈티지풍 티셔츠와 데님 쇼츠 등에 매치되어 쿨한 록큰롤 무드를 완성해주는 데 톡톡히 한몫을 했다.

보헤미안 룩을 위한 컬러풀하고 프린트가 가미된 타이츠, 섹시한 룩을 위한 피시넷fishnet(그물망처럼 생긴 스타킹)과 레이스 타이츠, 스쿨걸 룩을 위한 니트 타이츠 등 스타킹에 관한 선택의 폭이 넓어진 지금 자신이 시도해보고 싶은 룩과 거기에 매치할 만한 타이츠, 구두의 조합을 살펴보자.

스쿨걸 룩

튤립처럼 봉긋한 볼륨 미니스커트의 유행과 함께 떠오른 80년대풍의 스쿨걸 룩. 마크 바이 마크 제이콥스나 디케이엔와이DKNY에서 선보인 것처럼 루스한 티셔츠에 얇은 벨트를 매치해 입는 이 트렌드 룩에는 골진 니트 타이츠가 제격이다. 초등학교 때 엄마가 신겨주던 것 같은 따스하고 포근한 니트 타이츠에 발목까지 올라오는 레이스 업 스케이팅 부츠를 신어보자. 좀 더 경쾌한 룩을 연출하고 싶다면 타이츠 위에 루스한 삭스를 하나 더 레이어드해 볼 것을 권한다. 흔히 스쿨걸 룩에는 메리제인 슈즈를 떠올리지만 그 룩은 유행 지난 스타일이므로 이제 잊을 것.

록큰롤 룩

요즘 패션계에 팽배한 무드는 록큰롤 시크다. 런웨이의 스타일링은 물론, 스타일 좋은 트렌드세터와 셀러브리티들 역시 어딘지 반항적이고 헝클어진 듯한 록스타 같은 분위기를 연출하기 위해 애쓴다. 이런 룩을 위해 투명한 블랙 타이츠에 일부러 스크래치를 내는 것도 한 방법이다. 타이트한 블랙 미니스커트에 티셔츠와 베스트를 매치하고 찢어진 타이츠를 신은 뒤 버클이 장식된 부티나 지퍼, 메탈 장식의 스트랩 샌들을 신자. 메리케이트 올슨이나 케이트 모스 못지않은 반항적인 록큰롤 시크 룩이 완성될 것이다.

보헤미안 룩

보호 시크 Boho Chic라는 새로운 패션 용어가 생겨날 정도로 히피 스타일의 보헤미안 룩은 스트리트 패션의 정점에 올라 있다. 페이즐리 프린트의 시폰 드레스, 찢어진 데님 미니스커트와 페전트 블라우스 등으로 연출하는 보헤미안 룩에 가장 잘 어울리는 구두는 터프한 버클 장식 부츠나 웨스턴 부츠다. 여기에 안나수이 쇼의 룩처럼 페이

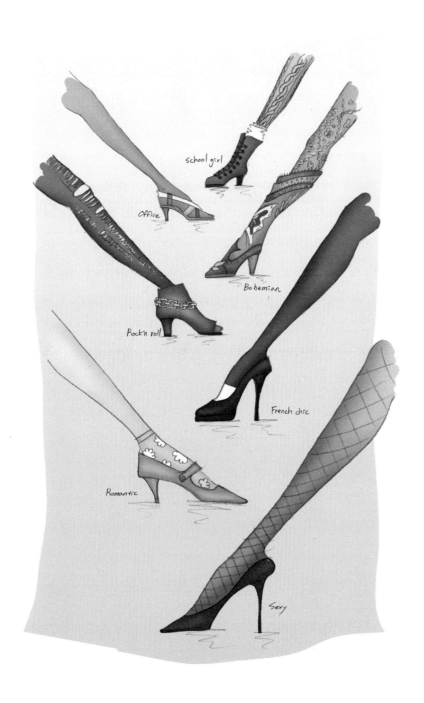

school girl

Office

Bohemian

Rock'n roll

French chic

Romantic

Sexy

즐리나 금사가 장식된 화려한 패턴 타이츠를 매치해보자. 70년대 재니스 조플린 같은 자유분방한 보헤미안으로 변신할 수 있을 것이다.

오피스 룩

단정한 차림을 유지해야 하는 오피스 룩이지만 타이츠와 구두의 변화로 지루함을 달랠 수 있다. 블랙을 기본으로 한 스커트 수트를 즐겨 입는다면 블랙 타이츠에 무난한 펌프스 대신 블랙 페이턴트 샌들을 매치해 보자. 심심했던 블랙 스커트 수트가 단숨에 매력적인 시크리터리 룩으로 변신할 것이다. 그레이 컬러의 룩을 입을 때는 블랙 타이츠 대신 다양한 컬러 타이츠를 시도해도 괜찮다. 특히 브라운이나 네이비 컬러의 타이츠가 잘 어울리는데, 여기엔 반드시 회색 계열의 심플한 펌프스를 신어야 한다.

프렌치 시크 룩

블랙 레깅스, 블랙 가죽 블루종, 블랙 재킷과 미니스커트 등 온통 시크한 블랙 아이템으로 완성하는 프렌치 룩. 여기에 어울리는 건 오로지 불투명한 블랙 타이츠일 뿐 다른 컬러가 끼어들 자리는 없다. 블랙 타이츠에도 여러 종류가 있는데, 조금 더 투자를 하더라도 월포드 같은 전문 스타킹 브랜드에서 제대로 된 퓨어 블랙 타이츠를 구입하도록 하자. 퓨어 블랙 컬러의 벨벳 실크 타이츠를 가장 추천한다.

어울리는 구두는 역시 블랙 킬힐. 앞굽이 높은 플랫폼 하이힐과 복숭아뼈에서 잘리는 부티, 클래식한 디자인에 메탈이나 스터드가 장식된 펌프스 등 무서울 정도로 굽이 높고 엣지 있는 디자인을 선택해보자.

로맨틱 룩

따스한 봄에 여자들을 가장 예뻐 보이게 만드는 옷차림은 바로 하늘거리는 선 드레스를 입은 로맨틱 룩이다. 이렇게 사랑스러운 옷차림에는 지나치게 날렵한 구두나 어두운 컬러의 타이츠는 어울리지 않는다. 대신 달콤한 파스텔 컬러와 가볍고 살랑거리는 소재의 선 드레스에 발목까지 오는 짤막한 삭스와 발등에 스트랩이 달린 메리제인 슈즈를 매치해보자. 구두와 삭스를 매치하는 것이 다소 어색할지 모르지만, 50년대 흑백 영화의 여주인공 같은 레트로하고 사랑스러운 느낌을 연출해주니 한번 시도해보자.

섹시 룩

섹시한 룩은 여러 가지 버전으로 진화를 거듭했지만, 가장 클래식한 것이 가장 세련돼 보인다는 진리에는 변함이 없다. 그것은 바로 종아리 뒤 중앙에 라인이 있는 투명한 블랙 타이츠와 에나멜 펌프스의 매치다. 30년대 초 스타킹이 처음 개발되었을 때 봉제선을 감추는 기술이 없어 종아리 뒷부분에 라인이 생겼는데, 지금까지도 그 이미지는 스타킹을 신은 여성의 섹시한 다리를 표현하는 클래식한 상징이 되었다. 여기에는 반짝이는 에나멜 소재의 뾰족한 하이힐이 가장 잘 어울린다. 타이츠와 구두에서 뿜어나오는 관능미만으로도 충분하기 때문에 타이트한 펜슬스커트와 부드러운 브이넥 스웨터 정도로 마무리하는 것이 훨씬 고난도의 섹스어필 스타일링이다.

스무살을 위한 스타일 안내서

Style Note 6

대한민국 여자들에게 십대 시절이란 멋을 내기에는 너무나 많은 제약과 규범이 따를 뿐 아니라 자신을 꾸밀 시간적 여유가 없는 패션의 암흑기와 같다. 그런 여고생의 타이틀을 벗고 스무살이라는, 진짜 여자로서의 첫발을 내딛는 순간 걸들에게 필요한 것은 자신의 매력을 잘 살려줄 패션스타일과 예쁜 구두 한 켤레다.

수능 시험이 끝난 날 밤, 나는 엄마가 선물해 주신 가죽 코트와 하이힐 한 켤레로 어른이 된 것 같은 우쭐한 기분까지 만끽했는데, 그 기억을 떠올리면 여전히 흐뭇하다. 물론 스무살이 되었다고 해서 무조건 하이힐을 신어야 한다는 강박 관념을 가질 필요는 없다. 특히 요즘처럼 구두의 선택 폭이 넓어지고 많은 브랜드의 다양한 스타일이 선보여지는 때라면 더더욱.

하이힐이냐 플랫슈즈냐를 놓고 고민하기 전에 먼저 자신의 외모나

분위기, 취향을 고려해 패션스타일을 정한 뒤 거기에 어울리는 구두를 고르는 것이 중요하다.

아직 자신의 스타일을 결정하지 못한 채 혼란을 느끼는 소녀들에게 가장 좋은 스타일 코치는 바로 패션 잡지나 파파라치 사진에 등장하는 패셔니스타들의 룩을 살펴보는 일이다. 그녀들의 룩을 유심히 보다 보면 자연스레 자신의 관심을 끄는 옷차림이나 스타일을 발견하게 되는데, 우연치고는 자주 눈여겨보게 되고 한번쯤 따라하고 싶다는 생각이 드는 그 옷차림이 바로 자신이 원하는 패션스타일인 것이다.

자신의 패션스타일이 확립되지 않았을 때, 나만의 패션아이콘을 정해놓고 스타일을 찾아가는 일은 자연스럽고 효과적인 방식이다. 걸들의 스타일 아이콘인 린제이 로한이나 시에나 밀러 역시 케이트 모스가 자신의 패션아이콘이며 그녀의 스타일을 찬양한다고 말하면서 비슷한 옷차림을 즐겨 입기 시작했고, 거기에 점점 자신만의 취향을 더해 멋진 시그니처 룩을 완성한 케이스다.

개인적인 취향과 스타일, 유행의 범위는 아주 다양한 스펙트럼을 지녔지만 특별히 스무살이 된 걸들에게 가장 잘 어울릴 만한 베스트 스타일과 구두의 매치법을 소개한다. 자신의 마음에 쏙 드는 옷차림이나 자신에게 어울릴 것 같은 스타일링을 발견했다면 그것만으로 패션스타일은 절반 이상 완성된 것이나 다름없다.

❷ 보이시한 스타일

편안하면서 심플한 룩을 좋아하는 사람에게 추천한다. 활동성이 많고 쾌활한 편이라, 움직이는 데 지장을 주지 않으면서도 세련돼 보이는 스타일을 원한다면 반드시 이 룩에 도전해볼 것.

◆**스타일 아이콘** 커스틴 던스트

◆**스타일링 코드** 프린트가 없는 심플하고 낡은 듯한 코튼 티셔츠에 스키니한 팬츠를 매치하거나 마린풍의 줄무늬 풀오버에 찢어진 데님 쇼츠를 매치하는 캐주얼한 보이시 룩. 여성스러운 원피스를 입을 때조차도 페도라나 박시한 재킷을 매치해 어딘지 장난꾸러기 소년 같은 스타일을 연출하는 것이 그녀의 시그니처 스타일. 여기에 언제나 플랫슈즈나 샌들, 스니커즈를 매치해 편안하게 연출한다.

◆**매칭 슈즈** 장식이 없는 심플한 플랫슈즈, 컨버스 스니커즈, 매니시한 레이스업 플랫슈즈, 납작한 샌들.

⚬ 걸리시한 스타일

여성스럽고 로맨틱한 스타일을 좋아하는 사람에게 추천한다. 체격이 작은 편이라면 더욱 어울리는 룩. 바지보단 치마가, 짧은 머리보단 긴 머리를 좋아하는 소녀 같은 스타일이라면 이 룩이 잘 어울릴 것이다.

◆**스타일 아이콘** 케이트 보스워스

◆**스타일링 코드** 시폰이나 실크 소재의 하늘거리는 원피스에 벨트를 매치해 가녀린 실루엣을 강조한 걸리시 로맨틱 룩. 과도한 액세서리 없이 여성스러운 원피스 하나로 사랑스러운 느낌을 충분히 살리는 것이 특징이다.

◆**매칭 슈즈** 칵테일 드레스 같은 포멀한 아이템에는 하이힐 펌프스나 샌들을 매치하고, 데님이나 면 소재의 캐주얼한 원피스에는 스트랩 장식의 플랫슈즈를 매치해 다양한 분위기를 연출한다.

록큰롤 스타일

짙은 스모키 아이 메이크업에 헝클어진 헤어스타일, 빈티지 티셔츠와 딱 달라붙는 레깅스에 페도라를 쓴 반항적인 스타일에 마음을 뺏겨본 일이 있다면 이 룩을 추천한다. 평소 음악과 클러빙을 사랑하고, 인디 문화에 관심이 있는 걸에게 잘 어울리는 스타일이다.

◆**스타일 아이콘** 케이트 모스

◆**스타일링 코드** 낡고 늘어진 티셔츠에 레깅스나 스키니 진을 매치하고 재킷이나 베스트를 살짝 걸쳐주는 무심한 듯한 스타일링. 한겨울에 스타킹에 쇼츠를 매치하거나, 한여름에 미니원피스에 롱부츠를 매치하는 자유로운 믹스 매치가 특징이다. 체인 목걸이나 금속 장식 벨트 등 록큰롤 무드가 가미된 액세서리를 적절히 매치해준다.

◆**매칭 슈즈** 허벅지까지 올라오는 타이트한 싸이하이 부츠, 프린지 장식의 플랫부츠, 버클 장식 앵클부츠.

🎵 보헤미안 스타일

　지나치게 여성스러운 스타일은 부담스럽지만 매니시한 스타일도
내키지 않는 걸들에게 추천한다. 원피스를 입더라도 웨스턴 부츠 같
은 남성적인 아이템과 믹스 매치하고, 빈티지한 데님
팬츠에 여성스러운 블라우스를 매치할 수도 있는
자유로운 스타일을 원한다면 도전해볼 것.

◆**스타일 아이콘** 시에나 밀러
◆**스타일링 코드** 직접 리폼해 만든 데님 쇼츠나 미
　니스커트에 꽃무늬 블라우스 같은 여성스러운 아이
　템을 믹스하고, 웨스턴 부츠나 버클 장식 부츠 같은
　터프한 슈즈를 신는다. 페도라나 낡은 빈티지 가방, 히
　피 스타일의 벨트 같은 액세서리를 적절히 매치해 보헤
　미안 룩을 완성한다.
◆**매칭 슈즈** 웨스턴 부츠, 버클 장식 부츠, 인조 보석이
　나 터키석 등의 장식이 달린 플랫 샌들.

남자친구에게 선물할 구두 고르기

Style Note 7

남자친구에게 줄 선물을 고르는 것은 매우 까다로운 일이다. 그의 성격은 물론 취향과 코드, 좋아하는 컬러와 스타일 등 세세한 사항을 알아야 성공적인 선물을 할 수 있기 때문이다. 유행에 민감하고 패션 센스가 뛰어난 남자친구를 두었다면 더욱 그러한데 특히 신발을 선물할 생각이라면 몇 배의 노력이 필요하다는 사실을 염두에 두자. 남자들은 여자와는 달리 전체적인 패션스타일이 심플한데다 넥타이나 모자를 제외하고는 액세서리의 선택 폭도 좁은 편이라 구두를 무척 중요하게 생각하기 때문이다.

실제로 주변의 남자들을 살펴보면 평범한 티셔츠나 진 팬츠에도 아주 세련된 구두를 매치해 전체적인 룩을 돋보이게 하는 사람이 있는가 하면, 멋진 수트를 차려입고도 고급스럽지 않은 구두를 매치해 룩을 망치는 경우도 있다. 한마디로 구두는 남자들의 옷차림을 살릴 수도, 망칠 수도 있는 대단한 파워를 지닌 아이템이다.

구두를 선물하기에 앞서 체크해야 할 가장 중요한 포인트는 남자친구의 패션스타일을 파악하는 일. 남자친구가 즐겨 입는 옷차림이 주로 정장인지 캐주얼인지, 같은 정장이라도 슬림한 스타일인지 편안한 스타일인지, 캐주얼을 입을 때는 트렌디하게 입는지 깔끔한 프레피 preppy 룩을 즐기는지 등을 파악해야 한다. 남자들의 구두는 종류가 다양하진 않지만 앞코 모양이나 끈의 유무, 장식, 컬러의 미묘한 차이에도 완전히 다른 느낌을 내기 때문에 같은 정장용 구두라도 남자가 즐겨 입는 팬츠의 폭이나 수트의 디자인에 따라 어울리는 구두가 따로 있다.

다음에 제시된 몇 가지 스타일 중 당신의 남자친구와 흡사한 경우를 찾았다면 반드시 그 카테고리 안에서 선물을 쇼핑할 것. 아무리 멋진 구두를 고른다 하더라도 자신의 평상시 스타일과 매치되지 않는다면 남자들은 절대로 그 구두에 발을 밀어넣지 않는 고집쟁이니까 말이다.

청바지와 티셔츠를 즐겨 입는 캐주얼한 스타일

유행에 민감하기보다는 편안한 캐주얼 룩을 즐겨 입는 쾌활한 스타일의 남자라면 활동성과 스타일을 겸비한 스니커즈를 추천한다. 패션에 별 관심 없는 평범한 남자들은 보통 스포츠 브랜드의 스니커즈를 즐겨 신는데, 여기서 벗어나 패션 브랜드의 스니커즈를 신겨볼 것. 디자인이 훨씬 간결하고 스타일리시하기 때문에 평범한 청바지와 매치했을 때도 세련돼 보인다.

추천 아이템은 브라질 브랜드인 베자Veja의 면 소재 스니커즈. 천연 소재에 천연 염료를 사용한 이 제품은 심플한 디자인에 세련된 로고 하나만 장식되어 있어 어떤 옷에나 무난하게 어울리며 가볍고 편안해 활동량이 많은 남자들도 부담 없이 신을 수 있다. 또 다른 추천 아이템인 나이키의 와플 시리즈는 심플한 디자인과 세련된 컬러로 언제 신어도 평범한 캐주얼 룩을 돋보이게 만드는 아이템이다.

면바지와 셔츠를 즐겨 입는 깔끔한 프레피 스타일

대한민국 남자 대학생들의 전형적인 룩인 프레피 스타일을 즐겨 입는 남자들은 대체로 보수적이고 차분한 성격을 지닌 경우가 많은데, 대부분 끈이 없는 로퍼를 선호하는 편이다. 하지만 이 룩에 끈을 묶는 옥스퍼드 슈즈를 매치한다면 훨씬 더 근사한 유러피언 스타일을 완성할 수 있다.

옥스퍼드 슈즈란 굽이 낮고 끈을 묶는 가죽 구두로, 정장용 클래식 구두보다는 좀 더 캐주얼하고 로퍼보다는 격식 있는 디자인의 구두다. 추천할 만한 아이템은 프랑스 브랜드인 레페토의 가죽 옥스퍼드 슈즈 '지지'. 프렌치 패션아이콘이자 뮤지션인 세르쥬 갱스부르가 가장 즐겨 신던 구두이기도 한 이 제품은 가볍고 편안한 것은 물론 아주 심플하고 클래식한 디자인으로 깔끔한 면바지를 즐겨 입는 프레피 스타일의 남자들에게 더 없이 잘 어울린다. 유니클로에서 판매하는 세련된 컬러의 양말들과 함께 선물하면 센스 만점의 선물이 될 것이다.

스키니 진을 즐겨 입는 트렌디한 스타일

요즘은 유행에 민감하고 트렌디한 패션을 시도하길 겁내지 않는 남자들이 점점 늘어가는 추세다. 특히 런던의 스트리트 패션에서 영감을 받은 듯한 타이트한 스키니 진에 박시한 후드 스웨트 셔츠나 점퍼 등을 걸치고, 모호크mohawk 헤어스타일을 한 트렌디한 남자들을 종종 목격할 수 있다.

이런 스타일에 어울리는 구두는 단연 하이컷 스니커즈. 특히 발목 위로 올라오는 실버나 화이트 스니커즈와 스키니 진은 아주 좋은 매치를 이룬다. 라프 시몬스와 디올 옴므, 릭 오웬즈 같은 트렌디한 남성복 브랜드에서 주로 선보이는 하이컷 스니커즈는 심플하고 세련된 디자인으로 남자들이 가장 좋아하는 아이템이지만, 상당히 고가라는 단점이 있다.

일본 브랜드인 하레Hare는 훨씬 저렴한 가격대에서 비슷한 아이템을 찾아볼 수 있는데, 아무 장식이 없는 화이트 컬러의 하이컷 스니커즈가 베스트 아이템이다.

2. 수트를 즐겨 입는 오피스맨 스타일

먼저 수트에도 여러 종류가 있다는 사실을 기억하자. 싱글 투버튼 재킷에 기본 폭의 팬츠를 매치하는 평범한 수트를 입는 남자라면 구두에 약간의 장식이 달린 것을 고르는 것이 좋다. 브랜드 로고 장식이나 너무 투박하지 않은 버클이 장식된 구두는 평범한 수트를 좀 더 멋스러워 보이게 하기 때문이다.

반면 타이트한 더블 브레스트 재킷에 바지폭이 좁은 수트를 입는 화려한 스타일이라면, 구두는 최대한 단정하고 클래식한 것으로 골라야 한다. 옛날 남자들이 신었던 것처럼 스티치 자국이 있고, 끈을 묶는 디자인이며 앞코가 너무 뾰족하거나 길지 않은 것이 가장 클래식한 디자인.

마지막으로 바지폭이 넓은 수트를 고집하는 남자에게 어울리는 구두는 앞코가 슬림하고 긴 디자인이다. 바지폭이 넓은 경우 구두가 너무 짧고 뭉툭하면 바짓단에 가려 발이 너무 작아 보이거나 균형이 맞지 않게 보일 확률이 높다. 단, 정장용 구두를 선물할 때는 블랙을 골라야 실패할 확률이 적다는 것을 잊지말자.

Part 4

Shoes'
Dictionary

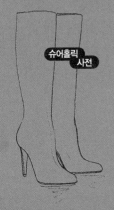

슈어홀릭
사전

구두의 종류

패션트렌드가 변하고 그에 따른 새로운 스타일과 아이템들이 쏟아져 나올 때마다 패션사전에는 무수히 많은 신조어가 업데이트된다. 구두 역시 예외는 아니다. 구두 디자이너들의 다양한 시도 덕분에 구두는 많은 종류의 이름으로 우리에게 선보여지고 있다. 아마도 시간이 지날수록 새로운 명칭을 가진 구두들이 더욱 많이 등장할 것이다.

대부분의 패션 용어가 그렇듯 구두의 명칭 역시 영어인 경우가 많아 어렵고 복잡한 듯하지만 그 차이를 조금만 알면 된다.

스틸레토 stiletto
이탈리아어로 '송곳칼'을 뜻하는 스틸레토는 뾰족한 앞코와 송곳처럼 가늘고 긴 굽이 달린 하이힐을 말한다. 아찔해 보인다는 표현이 어울릴 만큼 높고 가느다란 스틸레토힐은 아슬아슬하지만 섹시한 매력을 내기에는 더 없이 훌륭한 구두. 다른 말로 스파이크힐spike heel이라고도 불린다.

발레리나 플랫 ballerina flat

발레리나들이 즐겨 신는 토슈즈에서 영감을 얻은 발레리나 플랫슈즈는 1cm도 되지 않는 납작한 굽과 앞코에 작은 리본이 달린 귀여운 디자인이 특징이다. 살바토레 페라가모가 토슈즈에서 영감을 얻어 만든 '오드리' 라는 이름의 플랫슈즈가 영화 〈로마의 휴일〉과 〈사브리나〉에 등장하면서 선풍적인 인기를 끌기 시작했다.

펌프스 pumps

끈이 없고 발가락 부분이 막힌 구두, 즉 흔히 볼 수 있는 평범한 여성 구두를 모두 펌프스라 부른다. 보통 펌프스는 앞코가 둥글면서 적당히 뾰족한 형태인데, 앞코가 완전히 둥근 것은 라운드 토 펌프스, 네모진 것은 스퀘어 토 펌프스로 분류된다.

플랫폼 platform

펌프스의 형태에서 앞굽이 높게 디자인된 구두. 보통 3~4cm의 앞굽이 있는 것이 클래식한 플랫폼 슈즈지만 최근에는 앞굽만 5cm에 달하는 디자인도 있을 만큼 높은 플랫폼 슈즈가 인기다. 앞굽이 있기 때문에 뒷굽이 높아도 비교적 편안하게 신을 수 있다.

슬링백 sling back

앞코는 막혀 있고 뒤꿈치는 뚫려 있는 구두. 펌프스와 샌들의 중간 정도로 뒤꿈치에는 밴드가 달려 있어 발을 고정시킬 수 있다. 반대로 뒤꿈치는 막혀 있고 앞코의 발가락 부분만 뚫려 있는 디자인은 오픈토open toe라 부른다.

옥스퍼드 oxford

옥스퍼드 대학의 학생들이 부츠에 반대해 납작한 구두를 신기 시작하면서 유래된

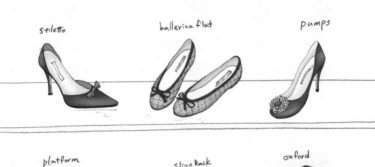

stiletto   ballerina flat   pumps

platform   sling Back   oxford

wedge   loafer   mary jane

thigh—high boots

bootie   ankle boots

남녀 공용 구두. 남자들의 정장용 구두처럼 얇은 끈을 묶도록 디자인되어 있고 앞코 부분만 흰색이나 브라운으로 덧대어져 있는 것이 클래식한 스타일이다.

◌ 웨지 wedge

1940년대 후반에 크게 유행했던 구두로 앞굽에서 뒷굽까지 한번에 연결된 형태의 구두를 칭한다. 앞굽은 낮게 시작해 점차적으로 뒷굽으로 갈수록 높아진다는 점에서 앞굽과 뒷굽의 높이가 같은 통굽 슈즈와는 전혀 다른 디자인이다. 전통적인 밀짚 소재로 만든 웨지힐을 에스빠드류라고 부르며 최근에는 금속, 우드, 코르크 등 다양한 소재의 굽이 사용되고 있다.

◌ 로퍼 loafer

굽이 낮고 발등을 덮는 스타일의 로퍼는 사전적 의미인 '게으른 사람'에서 유래된 명칭이다. 그만큼 편안하게 신을 수 있다는 의미로 뛰어난 착용감을 자랑하며, 치노 팬츠와 함께 매치해 신는 아메리칸 캐주얼 룩의 대명사다.

◌ 앵클 스트랩 ankle strap

말 그대로 발목 부분을 스트랩으로 묶거나 감을 수 있도록 디자인된 구두. 보통 하이힐 펌프스에서 많이 보여지는 디자인이며 발등 사이에 스트랩이 하나 더 들어가 T자 형태가 되면 T스트랩 슈즈, 발목이 아닌 발등에 스트랩이 달리면 메리제인 슈즈라고 부른다.

◌ 부츠 boots

일반적으로 부츠는 종아리까지 감싸는 디자인을 말한다. 그 외에 발목까지 올라오는 것은 앵클부츠, 허벅지 위로 올라오는 것은 싸이하이 부츠, 복사뼈까지만 올라오는 것은 부티라고 부른다.

시대별 아이템

패션의 역사를 살펴보는 일은 참 재미있다. 한 시대를 풍미했던 스타일은 당시의 시대적 상황과 깊은 연관성을 갖고 있기 때문이다. 지금까지도 사랑받고 있는 스타일이 당시 어떤 이유에서 탄생하게 되었는지, 그 스타일에 열광하게 만든 문화적 사회적 배경은 무엇이 었는지 살펴보는 것만으로 구두에 담긴 당시 여성들의 욕망을 읽을 수 있다.

◎◎ 여전히 철없는 소녀이고 싶은 욕망, 메리제인 슈즈

1920년대는 세계적인 경제 대공황으로 뒤숭숭한 사회 분위기와는 반대로 화려하고 혁신적인 패션스타일이 쏟아져 나온 시기다. 서양 복식 사상 최초로 여자의 치마 길이가 무릎 위로 올라갔고, 여자들의 머리카락이 귀밑까지 짧아진 시대. 여기에 재즈가 사회 전반을 지배하면서 여자들은 처음으로 세상을 향해 자신의 목소리를 내기 시작했다. 담배를 피우고, 술을 마시고, 남자들과 동등하게 바에서 춤을 추기 시작한 것이 바로 이때부터.

당시 볼을 빨갛게 칠하고 언제나 입에는 담배를 물고 있으며, 남자아이처럼 짧은 보브컷 헤어스타일을 고수한 1920년대 멋쟁이 여자들을 말괄량이란 뜻을 지닌 플래퍼flapper라 부르기 시작했고, 자유와 해방을 상징하는 1920년대 패션스타일에는 플래퍼 룩이란 명칭이 붙었다. 옷차림은 코르셋 드레스 대신 춤을 추기에 알맞은 H라인의 허리선이 낮은 편안한 원피스가 유행했으며, 구두 역시 경쾌한 옷차림과 댄스에 어울리는 납작한 탭슈즈가 등장했다.

영화 〈위대한 개츠비〉, 〈원스 어폰 어 타임 인 아메리카〉에 나온 룩이 바로 당시 유행했던 플래퍼 스타일. 이때 가장 유명했던 여배우루이스 브룩스의 플래퍼 룩은 지금까지도 많은 디자이너들에게 영감을 주고 있다.

당시 가장 유행했던 구두는 발등에 얇은 스트랩이 한두 개 달린 메리제인 슈즈였다. 메리제인은 원래 열 살 미만의 어린 소녀들이 신는 구두였는데, 반항적인 플래퍼들이 미성숙한 젊음을 노골적으로 드러내기 위해 이 구두를 신기 시작한 것이다.

플래퍼 룩의 대표적인 아이콘은 디자이너 가브리엘 코코 샤넬이다. 여자들의 몸을 코르셋에서 해방시켰던 그녀는 발등에 끈이 달린 납작한 투톤 메리제인 슈즈를 유행시킴으로써 여자들의 발에도 자유를 선사했다. 그 후로 지금까지 100년 가까이 유지되고 있는 여자들의 자유롭고 모던한 옷차림은 바로 당시 샤넬 여사의 손끝에서 탄생한 것이다.

╰╮ 여성스러움의 강조, 레이스업힐

1920년대에 바깥으로 돌던 여자들이 다시 가정으로 돌아오고 본연의 여성스러움을 추구하기 시작한 1930년대. H라인의 헐렁한 실루엣이 유행했던 플래퍼 룩 대신 아름다운 몸의 실루엣을 살린 길고 슬림한 룩이 등장했다. 당시 가장 유명했던 디자이너 엘자 스키아파렐리의 의상을 살펴보면 어깨를 드러내고 가슴은 강조하며, 허리를 가늘어 보이게 디자인한 롱 드레스가 대부분으로 말괄량이의 시대가 가고 우아한 레이디의 시대가 도래했음을 알 수 있다.

드레스가 길어지고 우아해지자 구두 역시 자연히 여성스러운 하이힐로 회귀했는데, 당시 유행을 선도하던 그레타 가르보, 마를렌 디트리히, 진 할로우 같은 여배우들이 즐겨 신던 발등을 덮는 레이스업 형태의 하이힐이 크게 유행했다.

1930년대는 최초의 구두 디자이너들이 등장한 역사적 순간이기도 한데, 당시 처음으로 구두 앞부분에 두꺼운 밑창을 대기 시작한 로저 비비에, 할리우드 영화 촬영용 구두 제작자로 활약한 살바토레 페라가모 등이 대표적인 인물이다.

특히 삼바 댄서이자 인기 여배우였던 카르멘 미란다를 위해 골드 염소 가죽을 사용한 최초의 플랫폼힐을 선보인 페라가모는 슈즈 업계의 전설적인 인물로 떠올랐으며, 당시 파장을 일으켰던 플랫폼힐은 현대적인 디자인 슈즈의 시초가 됐다.

◎◇ 전쟁이 낳은 밀리터리 룩과 캐서린 헵번의 옥스퍼드

1940년대에는 제2차 세계 대전의 발발로 1920~30년대의 화려함과 사치가 사라지고, 물자 공급의 부족으로 부득이하게 장식을 배제하고 최대한 간소화한 밀리터리 룩이 유행했다. 어깨를 각지고 넓게 강조한 테일러드 상의와 무릎 길이의 짧은 스커트, 작은 모자를 매치한 룩을 입으면서 갑작스럽게 다리를 드러내게 된 여자들은 구두에 대한 욕망을 본격적으로 드러냈다.

굽이 아주 높아진 모든 구두에는 리본이나 버클, 인조 보석 같은 장식이 더해졌고 앞코가 뚫린 오픈토 슈즈나 뒤트임이 있는 슬링백 슈즈 등 다양한 디자인이 등장했다. 30년대에 인기를 얻은 살바토레 페라가모는 이때 활발한 창작 활동을 펼쳤는데, 멀티 컬러의 스웨이드를 여러 조각 패치워크한 후 코르크 소재의 통굽을 매치한 최초의 웨지힐을 1942년에 처음으로 선보였다.

한편, 진보적인 성향을 가진 여자들은 당시 본격적으로 팬츠를 입기 시작했는데, 대표적인 아이콘이 바로 캐서린 헵번이다. 통이 넓은 팬츠에 남성용 셔츠와 재킷을 입은 그녀는 스펙테이터spectator 슈즈라 불리는 옥스퍼드 형태의 플랫슈즈를 신었는데, 아이러니하게도이 구두는 당시보다도 최근에 큰 유행을 불러일으키고 있다. 당시 캐서린 헵번의 룩은 레즈비언이라는 루머가 나돌 정도로 파격적이었지만, 21세기 매니시 룩의 근간이 되는 역사적 스타일로 길이 남게 됐다.

⊶ 마릴린 먼로의 화이트 펌프스 vs. 오드리 헵번의 플랫슈즈

전후 경제 회복과 더불어 스타일에 대한 관심이 극에 달했던 패션의 르네상스기 1950년대. 철저히 간소화한 밀리터리 룩에 싫증이 났던 여자들은 크리스찬 디올이 발표한 잘록한 허리와 풍만한 가슴, 극도로 부풀린 스커트로 이루어진 새로운 실루엣, 뉴룩에 완전히 마음을 빼앗겼다.

특히 급속도의 경제 성장을 이룩해 모든 산업 전반에서 선두의 위치에 오르게 된 미국은 패션 분야에서도 두각을 나타냈는데, 당시 최고의 할리우드 여배우들은 유행을 선도하며 전세계 여자들의 패션아이콘으로 떠올랐다. 그녀들이 입은 영화 의상은 언제나 대히트를 쳤고, 구두 역시 예외는 아니었다.

영화 〈7년만의 외출〉에서 지하철 통풍구에 스커트 자락을 휘날리던 마릴린 먼로의 화이트 펌프스는 살바토레 페라가모에게 전세계적

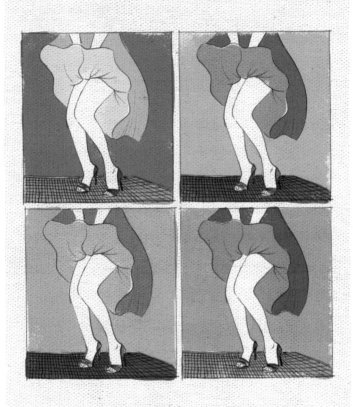

인 명성을 안겨주었고, 영화 〈사브리나〉에서 지방시가 디자인한 카프리 팬츠에 매치했던 오드리 헵번의 페라가모 플랫슈즈는 '오드리 슈즈'라는 이름으로 대히트를 쳤다. 발레리나 출신의 오드리 헵번은 언제나 이렇게 토슈즈를 연상시키는 납작한 플랫슈즈를 고수했는데, 페라가모는 60년이 흐른 지금까지도 그녀의 오드리 슈즈를 매년 새롭게 선보이고 있다.

⊙〜 우주 시대의 개막과 고고 부츠

1950년대에 뉴룩을 비롯한 아름다운 실루엣을 창조한 크리스찬 디올의 시대가 그의 죽음과 함께 막을 내리자 더 이상 새로운 실루엣은 창조되지 않았다. 대신 개인의 취향과 코디네이션을 반영한 '스타일'이라는 개념이 처음으로 등장한 것이 바로 1960년대. 당시의 가장 큰 패션 유산이라면 바로 미니스커트다.

1965년 메리 퀸트와 조안 위르의 첫 컬렉션에서 선보여 젊음과 역동성의 상징으로 여자들의 사랑을 받기 시작한 미니스커트는 디자이너 앙드레 쿠레주의 모즈 룩으로 이어지며 전세계적인 돌풍을 일으켰다. 치마 길이가 짧아지면서 구두는 좀 더 납작해지는 경향을 띠게 됐는데, 미니멀한 쿠레주 원피스 차림에 납작한 플랫슈즈를 신은 트위기의 룩은 1960년대 패션의 상징적인 아이콘이다.

그녀가 즐겨 신었던 플랫슈즈는 오드리 헵번의 것과는 조금 달랐다. 헵번이 발레리나를 연상시키는 우아하고 여성적인 스타일을 고집했다면, 트위기는 남성용 구두 같은 레이스업 슈즈에서 앞코를 사각형으로 각지게 만든 스퀘어 토 플랫슈즈를 선호했으며, 미래적인 실버나 골드까지 파격적인 디자인을 선보였다. 플랫슈즈에 짤막한 양말이나 무릎까지 오는 니삭스를 매치한 것도 트위기가 가장 먼저 선보인 스타일.

유행을 선도하던 디자이너 앙드레 쿠레주는 미국, 소련의 우주 탐사를 계기로 미래적인 스페이스 룩을 선보이게 되는데 이때 발목 위로 살짝 올라오는 '고고 부츠'라는 이름의 납작한 흰색 양가죽 부츠를 처음으로 발표했다. 쿠레주의 올 화이트 룩에 이 부츠를 신고 패션매거진에 등장한 트위기의 사진은 전세계 여자들에게 새로운 스타일을 제시했고, 미니스커트와 가장 잘 어울리는 신발로 등극하며 1960년대의 잇 슈즈로 자리 잡았다.

◌◟ 히피, 데님 벨보텀 팬츠 그리고 플랫폼 슈즈

1970년대에는 히피 문화가 사회 전반은 물론 패션스타일까지 지배했던 시기로 미니멀하고 미래적인 60년대의 패션과는 상반되게 히피들의 자유로운 영혼을 표현하기 위한 자연스럽고 편안한 스타일이 등장하기 시작했다. 바로 이때, 패션 역사에 길이 남을 아이템이 탄생하게 되는데 그것이 바로 '데님'이다.

히피들의 메인 아이템이었던 데님은 통이 아주 넓은 벨보텀 팬츠로 디자인됐고, 이렇게 치렁치렁한 넓은 폭의 팬츠를 입기 위해서 여자들은 굽이 아주 높은 구두가 필요했다. 그래서 등장한 것이 앞굽과 뒷굽이 모두 높은 플랫폼 슈즈.

코르크 소재로 가볍게 만든 플랫폼은 모든 여자들의 잇 슈즈로 떠올랐으며, 마놀로 블라닉과 로저 비비에 같은 당시 인기 있는 구두 디자이너들은 새로운 플랫폼 슈즈를 경쟁적으로 선보였다. 관능적인 할리우드 여배우 대신 뮤지션의 패션스타일이 대중들에게 많은 영향력을 끼치기 시작한 것도 바로 이 시기. 통이 넓은 데님 벨보텀 팬츠에 플랫폼 슈즈를 신은 제인 버킨, 프랑소와즈 하디 등은 지금까지도 많은 여자들의 패션아이콘으로 기억되고 있다.

✑ 마돈나의 컬러풀한 하이힐

탐욕과 물질 만능주의, 섹스와 쾌락으로 점철된 글래머러스한 1980년대. 컬러 TV의 등장으로 의상은 물론 구두와 액세서리의 색상이 극도로 컬러풀하고 화려해졌으며, 펑크족의 출현으로 버클이나 스터드 같은 금속 장식이 의상은 물론 신발에까지 대담하게 사용된 것이 이 당시 패션의 특징이다.

1980년대를 떠올릴 때 빼놓을 수 없는 패션아이콘인 마돈나와 신디 로퍼는 80년대의 과장된 패션스타일을 고스란히 보여준다. 장 폴

고티에의 뾰족한 브라톱에 버클이 무수히 달린 부츠를 신고 나타난 마돈나, 발레리나의 튀튀 스커트를 연상시키는 풍성한 샤 스커트에 컬러풀한 하이힐을 신었던 신디 로퍼의 룩은 많은 디자이너들에게 영감의 원천이 되었다.

◎◞ 단아한 미니멀리즘, 바라 슈즈

1990년대의 키워드는 미니멀리즘이다. 프라다, 캘빈 클라인으로 대표되는 미니멀하고 단아한 룩은 80년대의 현란하고 과장된 룩에 싫증난 여자들에게 새로운 스타일을 제시했다. 구두 역시 미니멀하고 심플한 디자인이 강세였는데, 얼마 전 리바이벌된 프라다의 스퀘어 토 펌프스나 살바토레 페라가모의 로고 장식 펌프스 등 3~4cm의 기본굽이 달린 심플한 구두가 90년대를 휩쓸었다.

특히, 70년대 중반 살바토레 페라가모의 첫째 딸이 디자인한 바라 슈즈는 90년대 후반 한국의 세련된 여자들 사이에서 크게 유행했는데, 작은 리본이 달린 이 단아한 슈즈와 프라다 스타일의 깔끔한 수트를 매치한 일명 '규수 룩'은 90년대 한국 패션을 단적으로 나타내는 단어다.

90년대에 유행한 또 다른 슈즈는 스포티한 스타일의 스니커즈. 전 세계적인 농구 열풍으로 리복이나 나이키 같은 브랜드의 하이톱 스니커즈가 큰 인기를 끌었고, 프라다를 비롯한 명품 브랜드들이 스포

티한 세컨드 라인을 속속 런칭하면서 기능성과 캐주얼함을 강조한
스포티한 구두들이 각광을 받았다.

☙ 하이힐은 여전히 진화 중

21세기 하이힐은 역사상 가장 찬란한 시대를 맞이했다. 굽은 시즌
을 거듭할수록 점점 더 뾰족하고 높아져 '킬힐'이라 불리는 무시무
시한 스틸레토와 플랫폼 슈즈들이 쏟아져 나왔다. 피에르 하디 같은
조형적인 구두 디자이너들이 등장해 패션 디자이너들과의 콜래보레
이션으로 런웨이용 슈즈를 제작하기 시작했으며 건축적이고 예술적
인 디자인을 가미함으로써 아티스틱한 하이힐의 시대를 열었다.

한편, 인터넷의 급속한 발달은 런던의 셀러브리티가 어제 입은 옷
이나 신발을 오늘 서울에서 확인하고 온라인으로 구입할 수 있을 정
도로 유행이나 쇼핑 산업에 엄청난 영향을 끼치게 됐다. 21세기 최고
의 패션아이콘으로 자리 잡은 케이트 모스가 즐겨 신는 신발이 모두
공전의 히트를 기록한 것이 그 단적인 예.

2004년에 그녀가 줄곧 신고 다녔던 플랫슈즈인 '런던 솔London
Sole'은 영국의 작은 부티크에서 이제 전세계에 숍을 둔 거대 브랜드
로 거듭났으며, 2005년부터 지금까지 케이트 모스가 즐겨 신는 프린
지 장식 스웨이드 부츠는 미네통카MineTonka의 것으로 역시 수많은
카피캣을 만들 정도로 핫한 브랜드로 떠올랐다.

세계적으로 사랑받는 브랜드

수많은 스케치 끝에 탄생한 조형적이고 아티스틱한 디자인, 장인의 손끝에서 마무리되는 핸드 메이드, 발을 편안하게 하기 위한 끝없는 연구, 누구도 생각지 못했던 소재와 디테일의 가미, 패션 트렌드를 분석해 구두로 재해석해내는 재능.

이것은 세계적으로 사랑받는 브랜드들이 갖고 있는 공통점이다. 멀리서도 한눈에 누구의 디자인인지 알 수 있을 만큼 확고한 브랜드 아이덴티티를 갖춘 구두들. 슈어홀릭들을 유혹하고, 또 다른 여자들에게 구두의 마법을 알려주는 브랜드들을 알아보자.

180여 가지의 공정을 거쳐 탄생되는 페라가모

멋진 스타일과 뛰어난 독창성을 갖춘 것은 기본, 무엇보다 착용감이 좋은 구두를 만들기 위해 노력한 구두 디자이너 살바토레 페라가모. 그의 인체공학적 연구와 독창적 예술 감각에 의해 탄생한 구두들은 100여 년의 역사 동안 수많은 여성들에게 사랑받아 왔다.

너무 편안해서 한번 신으면 마니아가 될 수밖에 없다는 페라가모 구두는 특히 오드리 헵번, 마릴린 먼로, 소피아 로렌, 윈저 공작 부인 등 당시 유행을 선도하던 패션 셀러브리티들의 열렬한 사랑을 받으며 그 명성을 쌓기 시작했다.

디자이너 페라가모는 "어떻게 하면 보다 화려하게 구두를 장식할 수 있을까?"보다는 "어떻게 하면 보다 편안하면서도 우아한 디자인을 갖출 수 있을까?"를 고민했고, 당시 모든 고객들의 발 모양을 조사하는 노력을 기울였다고 한다. 그리고 모든 여성들의 발 모양이 다 조금씩 다르다는 점에 착안해 유연성 있는 소재를 선택한 것은 물론 발바닥에 장심을 부착해 걷는 느낌을 좋게 하고 발이 앞으로 밀리지 않도록 하는 등 인체공학적인 측면에서 독창성을 발휘했다.

지금도 페라가모 구두는 여느 브랜드와 달리 포괄적인 피팅의 원리를 적용, 표준형 사이즈뿐 아니라 여섯 가지 폭으로 제작되어 발모양에 따른 선택 기준을 넓혀준다.

"아름다움에는 한계가 없고 디자인에 포화점이란 없다. 모든 여성들에게 공주처럼 근사한 구두를 신기기 위해 사용할 수 있는 소재 역시 무궁무진하다."

자서전에서 밝힌 그의 말을 통해서도 장인 정신을 느낄 수 있다.

아름다움을 위해 참아야 할 고통 따위는 디자이너 페라가모 덕분에 사라진 것이다.

'최고급 소재로 만든 자연적인 아름다움을 지닌 최상의 구두'를 만든다는 원칙 아래 오늘도 피렌체에 위치한 페라가모 뮤지엄에서는 1948년 살바토레가 썼던 기계를 사용해 전통 방식 그대로 180여 가지의 공정을 거쳐 최상의 구두가 만들어지고 있다.

⊚ 세상에서 가장 섹시한 구두, 마놀로 블라닉

뉴욕 한복판에서 강도를 만난 캐리가 현금은 모두 가져가도 좋으니 마놀로 블라닉의 하이힐만은 제발 건드리지 말라고 애원하는 드라마 〈섹스 앤더 시티〉속 장면, 그리고 다이아몬드 반지 대신 파란 마놀로 블라닉의 새틴 슈즈로 프로포즈를 받는 영화 속 장면은 구두에 애착을 갖는 슈어홀릭들의 진면목을 보여주는 장면이다. 또한 슈어홀릭들에게 사랑받는 마놀로 블라닉의 진가를 보여주는 장면이기도 하다. 보석보다 더 가치 있고 어떤 순간에서도 지키고 싶은 구두라니.

마놀로 블라닉의 구두는 과감한 표현을 통해 섹시한 디자인을 살린 것으로 유명하다. "여성의 섹슈얼리티를 살리려면 구두를 신을 때 발가락의 일부분만 보여야 한다"고 말하는 디자이너 마놀로 블라닉은 누구든 구두 하나로 최고의 섹시한 여성이 될 수 있도록 디자인적

jimmy choo

christian louboutin

Salvatore ferragamo

Manolo Blahnik

인 연구에 심혈을 기울인다. 또한 색상과 소재 선택, 굽의 각도 하나하나에도 세심한 주의를 기울여 모든 것이 완벽하게 맞을 때까지 줄과 끈을 이용해 손으로 작업을 한다고 한다. 이러한 그의 열정이 마놀로 블라닉이라는 브랜드를 지금의 명성에 올려놓은 것.

여성의 허리선만큼이나 아찔하게 아름다운 마놀로 블라닉의 곡선. "내 구두숍에 온 모든 여성은 천국에 와 있는 것 같은 희열을 느껴야 한다"는 그의 철학처럼 여성들은 그의 구두를 신는 순간 멋진 분장을 하고 무대에 오른 배우처럼 황홀한 기분을 느낄 수 있다.

⌁ 빨간 밑창의 유혹, 크리스찬 루부탱

아주 멀리서 봐도 브랜드를 알 수 있는 구두가 있다면 그건 바로 크리스찬 루부탱일 것이다. 구두에 대해 많은 상식을 갖고 있지 않은 사람조차도 알 수 있는 이유는 보일 듯 말 듯 시선을 사로잡는 빨간색 구두 밑창 때문이다.

여성의 인체에서 영감을 얻어 구두를 디자인한 프랑스 구두 디자이너 크리스찬 루부탱은 앞에서도 언급했듯이 그의 열정과 도전으로 시그니처 스타일을 갖게 됐으며, 현재 가장 많은 셀러브리티와 패셔니스타를 단골 고객으로 삼고 있다.

크리스찬 루부탱의 구두가 빠르게 잇 슈즈로 부상할 수 있었던 이유는 무엇보다도 레드 솔 red sole(빨간색 구두 밑창)이라고 불리는 섹시하고 열정적인 빨간색 뒤태의 유혹 때문. 심플한 블랙 에나멜 펌프스도 빨간색 구두 밑창으로 인해 모던한 이미지와 동시에 섹시하고 도발적인 여성의 내면을 표현하는 듯하다. 뿐만 아니라 특유의 플랫폼힐 덕분에 10cm에 달하는 높이의 하이힐을 신어도 편안하다는 점도 그의 구두가 그토록 사랑받는 이유 중 하나다. 지난해 만삭의 몸으로 칸 영화제의 레드 카펫을 밟은 안젤리나 졸리가 신었던 구두 역시 루부탱의 하이힐이었다!

루부탱은 모나코의 캐롤라인 공주와 까뜨린느 드뇌브 같은 우아한 아이콘에서부터 케이트 모스와 MK 올슨 같은 잇 걸들에게까지 사랑받고 있다.

☙ 세련되고 웨어러블한 하이힐, 지미추

"당신이 무엇을 입고 있는지는 별로 중요치 않습니다. 당신에게 멋진 슈즈와 백이 있다면 그것으로 당신은 멋져 보일 테니까요." 이는 슈즈브랜드 지미추의 디자이너 타마라 멜런의 말이다.

영국 《보그》의 패션에디터였던 타마라 멜런은 여자들에게 스타일리시하면서도 웨어러블한 하이힐이 필요하다는 절실한 생각에 런던 이스트 엔드에서 작은 규모로 쿠튀르 슈즈를 만들던 수공업자 지미추를 찾아가 그를 파트너로 구두 회사를 설립했다. 그것이 바로 글래머러스하고 섹시한 하이힐의 대명사, 지미추다. 지미추는 1996년 런칭한 이래 셀러브리티와 슈어홀릭들의 끊임없는 러브콜을 받고 있는 브랜드로 자리매김했다.

지미추가 사랑받는 이유는 무엇보다 어떤 패션스타일과도 잘 어울리는 다양하고 트렌디한 디자인을 선보인다는 것. 이는 영국 다이애나 왕비의 수제화를 제작했던 슈 메이커 지미추의 쿠튀르적 솜씨와 패션에디터 출신인 타마라의 뛰어난 트렌드 분석력이 결합한 결과.

〈악마는 프라다를 입는다〉와 〈섹스 앤 더 시티〉에 너무도 많이 거론되어 우리에게 익숙한 지미추는 매 시즌 트렌드에 맞는 새로운 소재와 새로운 라인을 선보이며 패셔니스타들의 잇 슈즈가 되고 있다.

구두 쇼핑을 위한 가이드

새로운 구두를 사기 위해 매장에 들어서는 순간만큼 기분 좋은 시간은 없을 것이다. 보기만 해도 황홀한 예쁜 구두들 중에서 자신에게 어울리는 디자인과 색상의 구두를 찾는 것은 사실 어려운 만큼 행복한 고민이기도 하다. 하지만 딱 어울리는 아이템을 선택했다고 해서 여기서 끝이 아니다. 지금부터는 선택한 구두의 밑창과 안감 등의 세부적인 부분을 살펴볼 시간. 디자인과 색상만 보고 구두를 구입했다가 낭패를 본 경험이 있는 사람이라면, 실패하지 않는 구두 쇼핑을 위한 가이드에 귀 기울여보자.

양쪽 모두 신어볼 것

사람은 누구나 양쪽 발의 크기가 조금씩 다르다. 따라서 구두를 신었을 때 한쪽 발은 편안한 반면 다른 쪽 발은 약간 꽉 죄는 느낌을 받게 된다. 하지만 바로 그 치수가 맞는 것이다. 한쪽 발에 약간 죄는 느낌이 있다고 해서 한 치수 큰 것을 사게 되면 다음날 아침에 신었을 때 너무 헐렁거려 벗겨지는 것 같은 느낌이 들 것이다.

✑ 앞코 부분이 1cm 정도의 여유가 있게!

구두의 착용감을 좌우하는 가장 중요한 부분이 바로 앞부분이기 때문에 구두를 신은 상태에서 발가락이 완전히 펴진 채 자유롭게 움직일 수 있고, 발가락에 힘을 주었을 때 자연스럽게 앞코가 구부러지는지를 반드시 살펴봐야 한다. 구두의 디자인에 따라 다르지만, 평균적으로 1cm 정도의 여유를 두는 것이 좋다. 구두 폭은 엄지발가락과 새끼발가락이 양 측면에서 압박되지 않는 상태가 이상적이다. 발가락이 꽉 눌려 있으면 관절 부분 피부 표면에 상처가 생기거나 발가락 사이에 티눈이 생기는 등 발의 변형에 직접적인 원인이 되므로, 앞코 부분이 지나치게 좁아 발가락이 움츠러들거나 심하게 죄는 느낌이 든다면 아무리 예쁜 디자인이라도 절대 구입하지 말아야 한다.

✑ 신발 밑창은 가벼운 것으로

신발 밑창은 가볍고 부드러운 가죽을 사용한 것일수록 편안하고 고급스러운 구두인데, 딱딱하고 두꺼운 밑창이 달린 구두에 비해 신었을 때 훨씬 발이 가볍고 걸을 때 편안한 것을 느낄 수 있다. 명품 브랜드를 비롯한 모든 고급 수제화의 경우 아주 얇고 부드러운 송아지 가죽을 밑창으로 사용하기 때문에 손상되기 쉬운데, 구두 수선 전문점에서 1~2만 원 정도면 밑창을 보호해주는 바닥을 깔 수 있으니 고가의 구두를 오래 신고 싶다면 참고할 것.

안감까지 확인할 것

구두의 겉 표면 재질만큼이나 중요한 것이 발과 직접적으로 닿는 안감이다. 일반적으로 좋은 구두는 안감을 부드럽고 얇은 가죽으로 마무리해 착용감을 좋게 만들고 구두의 무게를 가볍게 한다. 구두를 고를 때는 안감을 손가락으로 쓸어 보면서 부드럽고 좋은 가죽을 사용했는지 바느질이 깔끔하게 마무리됐는지 꼼꼼히 살펴봐야 한다.

복사뼈와 구두 라인의 위치

복사뼈가 구두 끝에 닿는 경우 걸을 때마다 통증이 느껴질 수 있다. 구두를 살 때 잠시 신어보는 것만으로는 그 통증을 가늠할 수 없으니 구두 끝이 복사뼈를 압박한다거나 조이는 디자인이라면 반드시 피하자. 반대로 복사뼈와 구두 라인이 너무 많이 떨어져 있어도 신발 신은 태가 예쁘게 나지 않는다. 복사뼈와 구두 라인이 최대한 가깝되 0.5cm 정도의 여유를 두는 것이 좋다.

⌒ 쇼핑은 가급적 저녁에!

　구두를 고르기 좋은 시간은 오전보다는 저녁이다. 하루 종일 활동한 후 발이 부어 있는 상태에서 구두를 신어봐야 오래 걸어도 불편함을 느끼지 않을 적당한 사이즈를 고를 수 있게 된다.

사이즈 선택 가이드

대부분 자신의 발 사이즈를 알고 있다. 하지만 분명 사이즈에 맞게 구입했음에도 불구하고 구두가 맞지 않는 경험을 한번쯤은 해봤을 것이다. 왜 사이즈 선택에 실패하게 되는 것일까? 그 이유는 자신의 발 사이즈를 기준으로 구두 종류에 따라 조금 크거나 작은 것을 골라야 할 때가 있기 때문이다.

샌들이나 슬링백의 경우는 발꿈치가 구두보다 살짝 삐져나와 보일 만큼 약간 작은 듯한 사이즈를 고르는 것이 예쁘다. 그리고 부츠의 경우는 두꺼운 양말이나 타이츠와 매치해야 하는 경우가 많으니 자신의 사이즈보다 두 치수 큰 것을 구입하면 무리가 없다. 스트랩이나 버클이 없는 펌프스, 플랫슈즈의 경우엔 자신의 발에 꼭 맞는 것을 고르고 옥스퍼드 슈즈나 메리제인 같이 스트랩이나 버클로 크기를 조절할 수 있는 경우엔 반 치수 정도 여유 있는 것을 골라도 무난하다.

다음은 구두 사이즈 차트다. 나라별로 신발 사이즈 표시 기준이 다르므로 자신의 사이즈를 잘 기억해둔다면 미국이나 유럽 등에서 구두를 쇼핑할 때 도움이 될 것이다.

Size chart : 여성 구두 사이즈

맨발 사이즈 mm	한국mm	미국	유럽
216	220	5	35.5
222	225	5.5	36
225	230	6	36
230	235	6.5	36.5
235	240	7	37
238	245	7.5	37.5
241	250	8	38
246	255	8.5	38.5
251	260	9	39

Size chart : 남성 구두 사이즈

맨발 사이즈 mm	한국mm	미국	유럽
245	250	7	40
248	255	7.5	40.5
253	260	8	41
257	265	8.5	42
261	270	9	42.5
265	275	9.5	43
268	280	10	44

알아두면 좋은 인터넷 쇼핑 사이트

온라인으로 구두를 구입할 때는 신어볼 수 없기 때문에 쇼핑몰 상품 설명에 기재되어 있는 사이즈를 꼼꼼히 살펴 자신의 실제 발 크기와 치수를 재보는 것이 좋다. 보통 폭과 길이를 cm로 표시해 놓은 곳이 많으니 자신의 발볼과 길이를 줄자로 잰 후 신발의 크기를 가늠해보자. 같은 240mm 사이즈라도 신발에 따라 조금씩 차이가 있기 때문에 반드시 정확한 사이즈를 살펴볼 것. 쇼핑몰에서 판매하는 구두는 대개 수제화가 아니기 때문에 굽이 편안해 보이는 구두를 고르는 것이 좋고, 하이힐을 구입하고 싶다면 앞굽이 있는 플랫폼 슈즈를 골라 최대한 착용감을 높이도록 해야 한다.

www.shuzvon.com

매 시즌 트렌드에 포커스를 맞춘 유행 구두가 많은 국내 쇼핑몰이다. 스터드나 프린지 같은 트렌디한 디테일, 부티나 앵클부츠 같은 세련된 아이템, 크리스찬 루부탱의 섹시한 라인을 표방한 아찔한 스틸레토힐을 구입할 수 있다. 다른 슈즈 쇼핑몰보다 가격대는 3, 4만 원 비싼 편이지만 세련되고 트렌디한 디자인이 많다.

∽ www.evashoes.co.kr

유명 브랜드에서 영감을 받은 트렌디한 디자인을 다소 저렴한 가격에 구입할 수 있는 국내 쇼핑몰이다. 매 시즌 트렌드 리포트를 직접 제작해 올림으로써 구매자들에게 어떤 것이 유행인지 한눈에 알 수 있도록 해준다.

∽ www.net-a-porter.com

클로에, 크리스찬 루부탱, 랑방, 마르니, 미우미우 등 해외 유명 브랜드의 잇 슈즈만을 선별해 판매하는 영국 쇼핑몰. 심플한 디자인보다는 그 시즌에 유행하는 트렌디한 디자인이 주를 이루며 플랫, 미드힐, 하이힐, 부츠로 크게 분류하고 웨지, 샌들, 펌프스, 플랫폼 등으로 다시 세분화되어 자신이 원하는 스타일을 쉽고 빠르게 찾을 수 있다. 가격대는 30~100만 원 선으로 높은 편이지만, 한국에서 구할 수 없는 트렌디한 디자인을 만날 수 있다. 《보그》 등 해외 유명 잡지에서도 인정받은 사이트인 만큼 제품 퀄리티와 배송 및 환불 서비스가 확실히 보장된다.

∽ www.bigshoes.co.kr

발이 큰 사람들을 위한 빅 사이즈 구두 전문 쇼핑몰이다. 발이 큰 사람들은 구두의 선택폭이 좁아 대체로 무난한 구두만을 선택할 수밖에 없는데, 이곳에서는 트렌디한 디자인의 다양한 빅 사이즈 구두를 선보여 고민을 해결해준다.

특이한 구두 이야기

☙ 세계에서 가장 비싼 구두

여자들의 욕망과 자아의 상징인 구두는 특히 오스카 시상식 같은 레드카펫 위 셀러브리티들의 발끝에서 하이라이트를 보여준다. 그중에서도 미국의 슈즈 브랜드 스튜어트 와이츠먼은 니콜 키드먼, 데미 무어, 안젤리나 졸리 같은 월드 스타들의 레드카펫용 슈즈를 제작하며 상상을 초월하는 가격대의 구두를 선보이는 것으로 유명하다.

120만 달러(한화 약 14억)짜리 샌들이 있다면 과연 믿어지는가? 총 123캐럿의 최고급 버마 루비 642개가 촘촘히 세팅된 그 샌들은 2003년 오스카 시상식을 위해 특별히 제작된 구두였으나, 너무 사치스러워 보인다는 이유로 주인공을 찾지 못했다는 후문이다.

스튜어트 와이츠먼은 2004년 아카데미 시상식에서 또 한번 20만 달러짜리, 일명 '신데렐라 슬리퍼' 라는 세계에서 세 번째로 비싼 구두를 선보였는데, 55캐럿의 퀴어트 다이아몬드가 세팅된 이 구두는 영화 〈콜드 마운틴〉으로 주제가상 후보에 올랐던 엘리슨 크라우스가 신어 화제가 되었으며 현재 베버리힐스 스튜어트 와이즈먼 매장에 전시되어 있다.

세계에서 두 번째로 비싼 구두는 영국 왕실 보석 브랜드인 해리 윈스턴사의 30만 달러짜리 샌들. 4,600개의 루비와 50캐럿의 다이아몬드로 치장한 이 샌들은 보석 장인이 두 달에 걸쳐 손으로 직접 세공한 것으로 스튜어트 와이즈먼의 루비 구두가 탄생하기 전까지 세계에서 가장 비싼 구두로 알려져 있었다.

바비의 50번째 생일 선물, 구두

유명 디자이너의 멋진 구두를 생일 선물로 받는다는 것은 너무나 로맨틱하고 호사스러운 경험일 것이다. 그것도 그 유명 디자이너가 오직 나만을 위해 만든 구두라면 더욱더!

크리스찬 루부탱은 바비 인형의 탄생 50주년을 맞아 그녀(?)에게 새로운 신발을 선물하기로 결정했다. "바비는 아주 멋진 구두를 신을 필요가 있어요. 왜냐하면 모든 여자들은 당연히 멋진 구두를 신어야 하거든요! 나에겐 언제나 바비 인형을 좋아하는 약간 걸리시한 취향이 있는 것 같아요."

루부탱의 손에서 새롭게 태어난 바비의 그 전설적인 핑크 펌프스는 2월에 열린 2009년 F/W 컬렉션 기간 중 특별 무대에서 선보였으며, 루부탱을 신은 바비는 시중에서도 만날 수 있다.

🌀 도로시 루비 구두

〈오즈의 마법사〉의 여주인공 도로시가 신었던 새빨간 루비 구두가 70년만에 유명 구두 디자이너들의 손에서 새롭게 탄생했다. 2009년 70주년을 맞이하는 영화 〈오즈의 마법사〉를 기념하기 위한 이 흥미로운 행사는 2008년 F/W 컬렉션이 펼쳐진 뉴욕 브라이언트 파크에서 열렸다. 루비 슬리퍼 컬렉션이라고 이름 붙은 이번 행사에는 지미추, 마놀로 블라닉, 모스키노, 크리스챤 루부탱 등 유명 슈즈 브랜드의 디자이너들이 참가했는데, 스와로브스키의 협찬으로 아주 화려하고 독특한 루비 구두들이 탄생했다.

커다란 리본을 장식한 오스카 드 라 렌타, 새빨간 스와로브스키를 촘촘히 박아 넣은 모스키노, 섹시한 스트랩 슈즈를 만든 지미추 등 기념비적인 뉴 도로시 구두는 2009년 경매를 통해 판매될 예정이며 수익금은 엘리자베스 글레이사 소아 에이즈 재단에 기부된다고 한다.

한편, 홍콩의 셀렉트 숍 '온페더' 역시 〈오즈의 마법사〉 70주년을 기념하기 위해 2008년 12월, 워너 브러더스사와 함께 '도로시 루비 구두 캔사스 프로젝트'를 주최했다. 아제딘 알라이아, 알렉산더 맥퀸, 피에르 하디, 마르탱 마르지엘라 등 쿠튀르적 성향이 강한 17명

의 디자이너들이 만든 21세기 버전의 도로시 구두들은 전시 마지막 날인 12월 8일에 경매를 통해 판매됐으며 수익금은 전액 홍콩 암 질병협회에 기증됐다.

구두를 잘 보관하는 방법

슈어홀릭의 기본 철칙은 구두를 잘 보관하는 것이다. 매번 핫한 아이템으로 신발장을 가득 채우는 슈즈 컬렉터가 아닌 자신만의 소중한 기억을 간직한 구두로 신발장 안에 역사를 담아가는 슈어홀릭에게 정성스러운 구두 손질은 당연한 일.

구두를 잘 손질해야 구두를 오래 간직할 수 있으며, 잘 보관된 오래된 구두에 묻어 있는 자연스러운 시간의 흔적은 새 구두가 주는 반짝임보다 더 멋스러운 스타일을 완성하기도 한다. 자, 지금 당장 신발장을 열어 당신의 손길이 닿지 않은 채 방치된 구두가 있다면 다시 꺼내어 잘 손질해서 보관하자.

◎ 일반적 구두 손질법

1 구두에 묻어 있는 흙과 먼지 등을 구두솔로 깨끗이 털어낸다.
2 융이나 거즈 같은 부드러운 천에 클리너 또는 무색 왁스를 발라 가죽에 묻어 있

는 오염을 닦아낸다.

3 구두약을 칠하고 헝겊으로 가볍게 문질러 구두약이 가죽에 스며들게 하면서 광택을 낸다. 이때, 구두약의 색상은 구두의 색상과 같거나 보다 연한 색을 사용하는 것이 좋다.

4 가죽 구두에 얼룩이 생겼을 경우 지우개로 얼룩 부분을 살살 닦아낸 후 가죽 전용 왁스를 발라 더 이상의 얼룩이 생기는 것을 방지한다. 깨끗이 클리닝을 마친 구두는 헝겊 더스트 백에 넣어 상자에 보관하는 것이 좋다.

⌒ 특수 가죽의 손질

에나멜 구두 물기가 없는 마른 천으로 살살 문질러 닦는다. 벨벳이나 융 같은 부드러운 헝겊이라야 손상되지 않는다. 에나멜은 쉽게 모양이 변하는 성질이 있으므로 구두 앞코에 종이나 헝겊을 뭉쳐 모양을 유지시킨 후 보관한다.

스웨이드 구두 빳빳한 솔로 털을 일으켜 털 사이의 먼지를 완전히 제거한 후, 스웨이드 전용 클리너로 닦는다. 가죽 구두용 왁스 사용은 절대 금물. 스웨이드는 결이 중요하기 때문에 세척할 때 한 방향으로 쓸어줄 것. 오염 방지용 스웨이드 전용 스프레이를 뿌리면 구두의 수명이 좀 더 길어진다. 스웨이드 소재의 생명은 통풍이므로 더스트 백이나 종이 상자를 살짝 열어 두는 것이 좋다.

벨벳 구두 부드럽고 깨끗한 솔로 툭툭 털어준다. 세게 문지르면 벨벳의 광택이나 윤기가 사라지니 주의할 것.

⌒ 부츠 손질법

빳빳한 종이를 동그랗게 원통형으로 말아 넣어 목 부분이 꺾이지 않도록 보관한다. 이미 모양이 변한 부츠는 그늘에 거꾸로 매달아 놓고 차가운 바람을 쏘이면 어느 정도 형태가 되돌아온다.

⟳ 젖은 구두의 손질법

마른 헝겊으로 물기를 찍어내고 직사광선이나 불을 피해 습기가 없고 통풍이 잘 되는 그늘에서 말린다. 헤어 드라이기로 말리는 것은 가죽의 모공을 늘어나게 해 형태를 변형시키니 절대 금물. 이때 모양이 변하는 것을 방지하기 위해 구두 속에 보형기나 신문용지를 넣어 말리는 것이 좋다. 완전히 마른 후에는 구두의 일반 손질법에 따라 관리해 보관한다.

◆ 구두에서 냄새가 날 때는 구두 밑창에 베이비 파우더를 살짝 묻히거나 원두커피 찌꺼기를 거즈에 싸아 신발장에 넣어두면 된다. 신발 안에 십 원짜리 동전 한두 개를 넣어두는 것도 탈취에 도움이 된다.

◆ 모든 구두 굽은 2/3 이상 마모되기 전에 미리 갈아야 뒤축이 손상되는 것을 방지할 수 있으며, 최소한 2~3일에 한 번씩 다른 구두로 번갈아 신는 것이 좋다.

◆ 구두의 종류가 너무 많아 보관 후에 찾기 힘든 사람이라면 구두를 사진으로 찍어 박스에 붙여 놓자. 사진이 앞을 향하도록 구두 상자를 차곡차곡 쌓아놓으면 쉽게 찾아 신을 수 있다.

하이힐 높이와 칼로리의 관계

하이힐이 다이어트와 직접적인 영향이 있다는 사실을 알고 있는 가? 같은 시간 동안 걸었을 때 구두 굽의 종류에 따라 소모되는 열량 이 달라진다는 연구 결과가 발표되었는데, 여기에 따르면 플랫슈즈 는 시간당 220kcal, 플랫폼 슈즈는 228kcal, 하이힐은 312kcal가 소 비된다고 한다. 하이힐을 신으면 납작한 슈즈를 신었을 때보다 종아 리, 엉덩이, 등까지 곧게 펴지면서 긴장감을 주고 걷기 때문이라는 것.

특히, 하이힐을 신고 걸으면 아킬레스건에서부터 종아리까지의 라 인이 당겨져 늘어져 있던 근육을 긴장시키고 셀룰라이트를 분해시켜 종아리에 적당히 매력 있는 탄탄한 근육을 선사해준다. 하이힐을 신 은 여자들의 뒷모습을 상상해보라. 팽팽하게 긴장된 듯한 종아리 라 인이 떠오르지 않는가?

한편, 플랫슈즈는 다른 구두에 비해 칼로리 소모가 적지만 발이 편해 평소보다 더 오래 걸을 수 있다는 장점이 있으므로, 활동량이 많은 사람에게는 더 효율적이다.

　앞굽이 높은 디자인의 플랫폼 슈즈는 걸을 때 잘 사용하지 않는 허벅지 근육을 사용하게 해 허벅지에 셀룰라이트가 있는 사람에게 특히 효과적이다.

종아리와 발 관리법

☙ 예쁜 종아리 만들기

곧고 날씬하며 탄력 있는 다리는 모든 여자들의 로망이다. 특히, 구두를 좋아하는 슈어홀릭이라면 매끈한 다리가 예쁜 구두의 매력을 배가시켜준다는 사실을 잘 알고 있을 듯. 긴 다리는 타고 나는 것일지 몰라도 날씬하고 탄력 있는 다리는 얼마든지 만들어질 수 있다는 사실을 염두에 두고 지금부터 예쁜 종아리 만들기 프로젝트에 돌입해보자.

먼저, 날씬한 종아리를 위해 가장 중요한 습관은 올바른 자세 유지하기다. 한쪽 다리에 무게 중심을 두고 삐딱하게 서거나, 다리를 꼬는 것은 척추를 휘게 만들고 종아리에 부종을 일으키는 안 좋은 습관이다. 종아리 부종은 생기기 시작한 순간부터 어느 정도 시점이 지나면 완전히 근육으로 굳어지기 때문에 특히 주의해야 한다. 장시간 서 있는 것도 종아리 부종의 원인이 되는데, 직업적으로 어쩔 수 없는 상황이라면 1시간에 한번 3분 정도 무릎을 굽혔다 폈다 하거나 발뒤꿈치를 들었다 내렸다 하는 방법으로 뭉친 근육을 풀어주어야 한다.

대부분의 여자들이 살이 찌기 시작한다 싶으면 가장 먼저 하체에 변화가 생기는 것을 느끼게 되는데 이것은 혈액 순환과 직접적인 관련이 있다. 심장에서 먼 하체는 혈액 순환이 가장 원활하지 못한 부위이기 때문에 혈액 내 지방 분해가 훨씬 더디게 진행되면서 셀룰라이트가 쌓이게 된다.

부종이나 셀룰라이트가 허벅지와 종아리에 집중적으로 생기는 사람이라면 다이어트만큼이나 혈액 순환에 신경을 써야 한다. 원활한 혈액 순환을 위해서는 습관적인 마사지가 가장 효과적이다.

TV를 보거나 잠자리에 들기 전, 잠깐의 휴식 시간 등 틈날 때마다 습관적으로 종아리를 주무르고 지방 분해 효과가 있는 로션을 이용해 매일 마사지를 해주면 붓기가 빠지고 혈액 순환이 원활해져 울퉁불퉁한 셀룰라이트가 정리되며 피부 표면도 매끈해져 아름답고 건강한 다리를 가질 수 있다.

염분이 많은 음식은 피하고, 물을 많이 마셔 3시간에 한 번씩 소변을 보는 습관을 길러 체내의 독소가 빠져나가고 혈액 순환이 원활해지도록 하는 것도 중요하다.

⚬ 예쁜 종아리를 위한 생활 습관

1 샤워를 마칠 때 수압이 센 차가운 물을 종아리에 2~3분간 샤워할 것. 이런 냉수 마사지는 피부 탄력을 증가시키고 붓기를 빼는 데 탁월한 효과가 있다.

2 다리가 부은 날에는 베개나 쿠션을 이용해 다리를 심장보다 조금 더 높게 두고 잠자리에 들 것. 다리의 혈액 순환이 빨라져 붓기가 사라진다.

3 틈날 때마다 종아리를 문지르고 마사지할 것. 뭉친 근육이 풀어질 뿐 아니라 혈액 순환에 큰 도움이 된다.

4 골반을 바로 세운다는 느낌으로, 걸을 때는 물론 앉아 있을 때도 엉덩이와 아랫배에 힘을 줄 것. 체형을 교정하는 필라테스 운동의 기본자세로 매일 골반 세우기에만 열중해도 복부에 근육이 생기고, 힙 업이 되며 다리가 전체적으로 곧게 펴지는 것을 느낄 수 있다.

5 잠들기 전 다리를 곧게 펴고 위로 들었다 내렸다 반복 운동한다. 이것은 날씬한 다리를 위한 최고의 방법으로 처음에는 힘이 들겠지만 매일 반복하다 보면 전화로 수다를 떨면서도 20분 정도는 무리 없이 할 수 있게 된다.

⚬ 예쁜 발 만들기

울퉁불퉁하고 부은 발은 날렵한 하이힐이나 사랑스러운 플랫슈즈를 신을 때 가장 큰 방해 요인이다. 이런 발은 신발 모양을 변형시키고 걸음걸이마저 이상하게 만들기 때문에 예쁘고 건강한 발을 갖는 것은 아주 중요한 일이다.

발 관리의 가장 중요한 키워드는 깨끗한 발이다. 발이 청결하지 않으면 티눈이나 무좀 등 각종 질병을 유발해 결국 발의 건강과 모양을 해치기 때문. 먼저, 발을 씻을 때 발가락 사이사이까지 비눗물로 깨끗이 닦고 각질이 있을 경우 따뜻한 물에 10분 정도 불린다. 그런 후 각질이 말랑말랑해졌을 때 발뒤꿈치 전용 타일로 밀어내고 미지근한 물로 헹궈낸다.

또한 풋 케어 전용 로션을 듬뿍 발라 마사지를 하면 하루 동안 쌓인 발의 피로가 풀리면서 신진 대사가 원활해져 발의 붓기가 금방 빠지는 효과가 있으니 귀찮더라도 습관적으로 해줄 것. 발뒤꿈치의 건조증이나 갈라짐도 로션 마사지가 매일 거듭된다면 금세 해결되며, 마사지 후 면양말을 신고 자면 아기 발처럼 부드럽고 말랑말랑한 발을 가질 수 있다.

발톱을 자주 자르는 것도 중요하다. 일주일에 한 번씩 자르되 반드시 일자로 평행하게 잘라낼 것. 동그랗게 자르면 발이 신발 속에서 압력을 받을 때 발톱 코너가 살을 파고들어 염증이 생기기 때문이다. 발톱 표면은 대부분 울퉁불퉁하기 마련인데 아주 고운 파일로 발톱 표면을 살살 문질러 매끈하게 만들어준다.

발톱에는 손톱보다 조금 진한 컬러의 매니큐어를 바르는 것이 발을 한층 깔끔하고 하얗게 보이게 한다. 발톱을 보호할 수 있는 베이스 코트를 바른 뒤 레드나 짙은 핑크 계열의 매니큐어를 바를 것. 매니큐어를 발랐을 때는 반드시 일주일에 한 번씩 지워주어야 발톱에 매니큐어가 착색되는 것을 방지할 수 있다.

관심도 테스트

구두에 대한 당신의 관심은 어느 정도인가요?
다음 테스트에서 15점 이상을 받는다면 당신은 이미 슈어홀릭!

1. 메리 케이트 올슨 등 셀러브리티들이 즐겨 신는 빨간 밑창으로 유명한 브랜드
   는? (3점)

   ① 마놀로 블라닉 ② 아제딘 알라이아 ③ 크리스찬 루부탱 ④ 쥬세페 자노티

2. 지방시가 디자인한 화이트 셔츠와 블랙 카프리 팬츠를 입은 오드리 헵번 주연
   의 영화 〈사브리나〉에서 그 유명한 플랫슈즈를 만든 디자이너는? (2점)

   ① 살바토레 페라가모 ② 크리스찬 디올 ③ 앙드레 꾸레주 ④ 이브 생 로랑

3. 1930년대에 처음 탄생한 신발로 뒷굽은 물론 앞굽까지 높은 구두의 종류는?
   (2점)

   ① 스카이 하이 슈즈 ② 웨지힐 ③ 플랫폼 슈즈 ④ 레이스업 슈즈

4. 케이트 모스가 신어서 세계적으로 유명해진 플랫슈즈 브랜드는? (3점)

   ① 런던 솔 ② 랑방 ③ 니콜라스 커크우드 ④ 미네통카

5. 발레리나 토슈즈를 만들던 브랜드로 끈이 달린 납작한 레이스업 슈즈를 만들어
   유명해졌으며 세르주 갱스부르와 제인 버킨이 즐겨 신었던 프랑스 구두 브랜드
   는? (4점)

   ① 로저 비비에 ② 시저슨 모리슨 ③ 로버트 끌레버리 ④ 레페토

정답 : 1. ③, 2. ①, 3. ③, 4. ①, 5. ④, 6. ④, 7. ②, 8. ④, 9. ① 10. ③

6. 2008년 미국 《보그》의 CFDA 시상식 우승자가 된 떠오르는 구두 디자이너는?
   (5점)

   ① 지미추 ② 크리스토프 데카르넹 ③ 피에르 하디 ④ 알레한드로 잉겔모

7. 구두를 만들 때 기본이 되는 틀을 뜻하는 단어는? (3점)

   ① 솔 ② 플랩 ③ 쿼터 ④ 라스트

8. 드라마 〈섹스 앤 더 시티〉의 여주인공 캐리가 가장 좋아하던 슈즈 브랜드는?
   (3점)

   ① 지미추 ② 발렌시아가 ③ 나인 웨스트 ④ 마놀로 블라닉

9. 피에르 하디와의 콜래보레이션으로 멋진 리미티드 슈즈 컬렉션을 선보이는 패
   션브랜드는? (3점)

   ① 갭 ② 자라 ③ H&M ④ 유니클로

10. 송곳처럼 뾰족하다는 의미를 가진 하이힐의 명칭은? (2점)

    ① 펌프스 ② 웨지힐 ③ 스틸레토 ④ 플랫폼

슈어홀릭 *Diary*

초판 1쇄 발행 2009년 4월 1일
2쇄 발행 2009년 4월 25일

저자 김지영
발행인 백영곤

책임편집 정재은 **편집** 김한나 **마케팅** 이현정 **관리** 강미연
디자인 All Design group **일러스트** 정아

발행처 도서출판 장서가(주)
출판등록 2007년 10월 29일 제313-2007-000211호
주소 서울시 마포구 서교동 395-180 서주빌딩 301호
연락처 (T) 02-334-9681 (F) 02-334-9682

정가 12,800원
ISBN 978-89-93210-20-0 03810

Wedge Oxford Sling
Back Stiletto Loafer Ankle
Strap Ballerina Flat
Boots Pumps Bootie Mary Jane
Platform thigh-high Boots

Wedge Oxford Sling
Back Stiletto Loafer Ankle
Strap Ballerina Flat
Boots Pumps Bootie Mary Jane
Platform thigh-high Boots